Lucinde

BIBLIOTECA PÓLEN

Para quem não quer confundir rigor com rigidez, é fértil considerar que a filosofia não é somente uma exclusividade desse competente e titulado técnico chamado filósofo. Nem sempre ela se apresentou em público revestida de trajes acadêmicos, cultivada em viveiros protetores contra o perigo da reflexão: a própria crítica da razão, de Kant, com todo o seu aparato tecnológico, visava, declaradamente, libertar os objetos da metafísica do "monopólio das Escolas". O filosofar, desde a Antiguidade, tem acontecido na forma de fragmentos, poemas, diálogos, cartas, ensaios, confissões, meditações, paródias, peripatéticos passeios, acompanhados de infindável comentário, sempre recomeçado, e até os modelos mais clássicos de sistema (Espinosa com sua ética, Hegel com sua lógica, Fichte com sua doutrina-da-ciência) são atingidos nesse próprio estatuto sistemático pelo paradoxo constitutivo que os faz viver. Essa vitalidade da filosofia, em suas múltiplas formas, é denominador comum dos livros desta coleção, que não se pretende disciplinarmente filosófica, mas, justamente, portadora desses grãos de antidogmatismo que impedem o pensamento de enclausurar-se: um convite à liberdade e à alegria da reflexão.

Rubens Rodrigues Torres Filho

Friedrich Schlegel

LUCINDE

Tradução, apresentação e notas
Constantino Luz de Medeiros

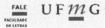

*Copyright © 2019
desta edição e tradução*
Editora Iluminuras Ltda.

Coleção Biblioteca Pólen
Dirigida por Rubens Rodrigues Torres Filho e Márcio Suzuki

Capa
Eder Cardoso / Iluminuras
sobre projeto gráfico de Fê

Imagem de capa
Sérgio Romagnolo
Menina de biquíni azul. Plástico modelado, 140 cm de altura.
Cortesia do artista

Revisão
Jane Pessoa

"Esta obra conta com o apoio da *Faculdade de Letras da Universidade Federal de Minas Gerais* (Fale/UFMG) para sua publicação".

CIP-BRASIL. CATALOGAÇÃO NA PUBLICAÇÃO
SINDICATO NACIONAL DOS EDITORES DE LIVROS, RJ

S366L

Schlegel, Friedrich, 1772-1829
    Lucinde / Friedrich Schlegel ; tradução, apresentação e notas Constantino Luz de Medeiros. - 1. ed. - São Paulo : Iluminuras, 2019.
    132 p. ; 21 cm.

Tradução de: Lucinde
ISBN 978-85-7321-615-8

1. Romance alemão. I. Medeiros, Constantino Luz de. II. Título.

19-59314   CDD: 833
                 CDU: 82-31(430)

2019
EDITORA ILUMINURAS LTDA.
Rua Inácio Pereira da Rocha, 389 - 05432-011 - São Paulo - SP - Brasil
Tel. / Fax: 55 11 3031-6161
iluminuras@iluminuras.com.br
www.iluminuras.com.br

SUMÁRIO

A revolução estético-sentimental em Lucinde
Constantino Luz de Medeiros, 7

LUCINDE

Prólogo, 17
Confissões de um desajeitado, 19
Fantasia ditirâmbica sobre a mais bela situação, 23
Caracterização da pequena Guilhermina, 29
Alegoria da insolência, 33
Idílio sobre o ócio, 47
Fidelidade e brincadeira, 53
Anos de aprendizado da masculinidade, 63
Metamorfoses, 95
Duas Cartas, 99
Segunda Carta, 109
Uma reflexão, 115
Julius a Antonio, 119
Ânsia e paz, 125
Pequenos jogos da fantasia, 129

A REVOLUÇÃO
ESTÉTICO-SENTIMENTAL EM LUCINDE

Constantino Luz de Medeiros
Professor de Teoria da Literatura e Literatura Comparada da UFMG

> Lucinde *é o alvorecer da*
> *poesia do mar do amor.*
> Friedrich Schlegel

> *Ah! Lucinda, Lucinda!*
> *Que queres? Que pretendes?*
> Miguel de Cervantes[1]

Quando o jovem filósofo, crítico de literatura e filólogo Friedrich Schlegel (1772-1829) decide publicar seu romance *Lucinde*, na primavera de 1799, ele provavelmente já tinha em mente a recepção negativa e muitas vezes hostil que a obra receberia por parte de seus contemporâneos. Acostumado à polêmica enquanto método de acesso ao conhecimento, Schlegel sabia que não apenas a estrutura e a forma de *Lucinde*, mas também

---

[1] Entre as prováveis inspirações para a adoção do nome Lucinde tanto para o título da obra como para a protagonista encontra-se a personagem de Lucinda, que surge em dois capítulos do *Dom Quixote*, de Miguel de Cervantes, inclusive em um episódio amoroso intitulado "Lucinda a Cardênio". Cf. Miguel de Cervantes Saavedra. *O engenhoso fidalgo D. Quixote de La Mancha*. Tradução de Sérgio Molina. São Paulo: Editora 34, 2002, vol. I, pp. 313 e 365. Lucinda é também o nome de uma das personagens da Commedia dell'arte, cuja tradição Schlegel certamente conhecia.

a temática do romance pertenciam a um tempo que ainda não chegara. De fato, a leitura dos primeiros esboços da obra, nos *Fragmentos sobre poesia e literatura*, demonstra que aquilo que os críticos de sua época chamavam de improviso, o que classificavam como uma forma caótica e desestruturada, na verdade tinha sido planejado e executado com a intenção de desestabilizar as concepções tradicionais sobre o romance, utilizando essa forma literária na construção de um novo paradigma nas relações entre mulher e homem.

A revolução estético-sentimental concretizada na forma de um romance assombrou os espíritos mais vivos de sua época. A aparente ausência de enredo, o jogo inusitado de vozes narrativas, a mistura de formas literárias, a profusão de imagens alegóricas advindas da tradição literária, assim como uma espécie de sensualidade espiritual (ou espiritualidade sensual) na relação conjugal entre mulher e homem são aspectos que emprestam a *Lucinde* um lugar privilegiado na história da modernidade estética e filosófica. Essa representação artística da convivência dos jovens românticos na residência comunitária dos irmãos Schlegel, Dorothea e Caroline em Iena, no final do século XVIII, é também a exposição de uma filosofia da mulher e do amor conjugal, uma apaixonada defesa da liberdade no amor e na literatura.

As inovações literárias e filosóficas de *Lucinde* devem ser compreendidas no contexto e em razão da época em que o romance foi concebido. Para entender essas alterações no campo sentimental, é preciso ter em mente o fato de que a aproximação entre o amor sensual e o espiritual era algo completamente estranho ao século XVIII. Nesse sentido, alguns autores da época chegavam ao extremo de afirmar que não se ama mais de coração as mulheres com quem se deita (Eichner, 1962, p. 24). Esse sentimento antagônico em face do amor tem relação com sua evolução semântica, já que durante muito tempo a sexualidade era considerada um comportamento natural do corpo, enquanto a paixão era vista como uma doença. A paixão foi compreendida por séculos como algo patológico, uma espécie de doença para a qual havia uma série de tratamentos, inclusive o coito (Luhmann, 1991, p. 62). Assim, enquanto meio de formação das classes burguesas, o amor "é um código de comunicação cujas regras determinarão a expressão, a formação, a simulação, a atribuição indevida aos outros e a negação de sentimentos" (Ibid. p. 20). É principalmente através do romance que as novas formas de conduta social perante esse sentimento encontram um de seus mais perfeitos instrumentos de mediação. Assim, ouvir falar do amor era fundamental para que se pudesse amar, pois, segundo a afirmação de François de La Rochefoucauld: "Existem pessoas que nunca teriam se apaixonado se não tivessem ouvido falar do amor" (La Rochefoucauld, 1964, p. 421).

Durante todo o século XVIII, a conduta amorosa das classes burguesas, assim como os modos de sentir da mulher foram afetados e influenciados, entre outras discursividades, por obras de ficção literária. Romances epistolares como *Pamela* (1740), *Clarissa* (1748), de Samuel Richardson, *Julia ou a Nova Heloísa* (1761), de Jean-Jacques Rousseau, ou mesmo *Os sofrimentos do jovem Werther* (1774), de Johann Wolfgang von Goethe (este último, pelo lado negativo das consequências da paixão), lograram grande êxito em moldar atitudes exemplares e condicionar comportamentos femininos através da ficção. Mas o que ocorre em *Lucinde* é algo inteiramente inusitado para sua época. Nessa espécie de romance epistolar misto, ou "carta única em seu gênero", na descrição do próprio narrador, o que o leitor encontra é a representação literária de uma nova forma de amor e de amizade entre a mulher e o homem. Em vez da relação de subserviência da discípula em relação a seu mestre, como em *Pamela*, ou em *Julia ou a Nova Heloísa*, o que acontece é uma relação isonômica entre indivíduos que se amam e se admiram. Nesse sentido, além de ser uma alegoria do amor, *Lucinde* é a exposição programática do que, para Schlegel, era a tarefa suprema do romance: atualizar e reconfigurar a antiga tradição em roupagem moderna, unindo e aproximando todas as formas e gêneros literários. Além disso, essa renovação ou revolução estética de que trata Schlegel não se restringia apenas aos discursos literários. Era preciso transformar a teoria do romance em algo pulsante, de modo a formar a sensibilidade do homem para que a intelectualidade da mulher fosse respeitada em sua totalidade. O pensador considerava o romance romântico como o gênero literário perfeito para apresentar ao mundo sua crítica ao universo limitado das relações sociais, sua ânsia por completude e dignidade na existência humana, bem como sua mais completa aversão à necessidade burguesa de atividade constante, como fica patente no trecho intitulado Idílio sobre o ócio. Toda a dimensão do pensamento revolucionário de Schlegel fica clara quando se lê o famoso fragmento da *Athenäum*, no qual ele equipara a Revolução Francesa, a Doutrina-da-Ciência, de Fichte, e o Wilhelm Meister, de Goethe. Nessa cadeia de revoluções, o romance é um meio de concretização da ideia romântica de liberdade, e um dos modos de aproximação entre a teoria da literatura e a criação literária. Mas essa liberdade não foi recebida positivamente por todos os leitores de *Lucinde*.

Desde sua publicação, diversas vozes se levantaram para denunciar o que acreditavam ser uma obra imoral, perniciosa e destruidora dos bons costumes. Em carta escrita a Goethe em julho de 1799, Friedrich Schiller se queixa de dores na cabeça por ter empreendido a leitura do romance de Schlegel. Ao classificar a obra como o auge da ausência de forma, o ápice do fragmentário, da mistura caótica das mais diversas aberrações (o que, aliás, apenas corrobora o caráter de modernidade de *Lucinde*), Schiller afirma "que era impossível ler a obra inteira sem passar mal" (Beetz, 2005, p. 723). Uma das poucas defesas que o romance encontra nessa época vem de forma anônima, em um escrito intitulado *Cartas confidenciais sobre o* Lucinde *de Friedrich Schlegel*, publicado em 1800, de autoria do amigo Friedrich Daniel Ernst Schleiermacher. No escrito, o teólogo demonstra que o tipo de amor representado no romance não é um exemplo de frivolidade, mas de unidade absoluta entre dois amantes. Argumentando que *Lucinde* inaugurava um novo gênero literário, e que pressupunha um sentido para a beleza e a harmonia, Schleiermacher afirma que muito pouco havia sido dito ou representado até então sobre o verdadeiro amor: "Como lamentávamos que aqueles que acreditavam representar ou viver o amor não sabiam como se colocar perante o sentimento que sentiam" (Schleiermacher, 1985, p. 99).

Infelizmente, o veredito de Schleiermacher sobre a sensibilidade dos leitores de seu tempo em relação ao tipo de amor revelado em *Lucinde* atravessou quase todo o século XIX, atingindo os mais diversos pensadores, para os quais o romance se revelava apenas como "algo que deveria ser completamente esquecido" (Heinrich Heine); uma espécie de "manifesto de obscenidade" (Hegel), "sensualidade crua" (Kierkegaard), ou ainda um "sacrilégio estético" (Rudolf Haym). Foi somente no começo do século XX, quando principia a revisão crítica da obra de Schlegel, que *Lucinde* passa a ser compreendido como um romance inovador para seu tempo. Um escrito que encarna de um modo quase divinatório e genial a denominada ânsia de infinito (*Sehnsucht nach dem Unendlichen*) que o jovem romântico derivara dos escritos platônicos, e que fundamenta grande parte de sua teoria estética. O amor que o romance expõe de forma artística e poética indica uma relação de compreensão e respeito mútuos, uma amizade filosófica entre dois seres humanos, que possuem sentido um para o outro, e para o infinito.

De certo modo, a afinação espiritual, a sensualidade, a admiração mútua e o amor mais encantador entre as personagens de Lucinde e Julius ecoam para além da letra e do espírito da obra, como uma melodia singular em tranquila contemplação. Em um dos mais belos momentos do romance, o apaixonado Julius diz a Lucinde ter lido em uma revista que os amantes "eram o universo um do outro". Essa afirmação resume o sentimento que perpassa a obra, e que inspira não apenas as personagens do romance de Schlegel, mas também seus leitores. Assim, além de todas as rupturas formais e as questões filosóficas que, com razão, colocam o romance entre os que inauguram a modernidade, o sentimento ou a impressão que sobressai da singela obra, retomando as palavras de Novalis, é que em *Lucinde* "o amor é o amém do universo".

Belo Horizonte, junho de 2019

REFERÊNCIAS BIBLIOGRÁFICAS

BEETZ, Manfred (org.). *Briefwechsel zwischen Schiller und Goethe in den Jahren 1974 bis 1805.* Munique: Karl Hanser Verlag, 2005.

BEHLER, Ernst. *Friedrich Schlegel mit Selbstzeugnissen und Bilddokumenten.* Hamburgo: Rowohlt, 1966.

_____. *German Romantic Literary Theory.* Cambridge: Cambridge University Press, 1993.

HAYM, Rudolf. *Die Romantische Schule.Ein Beitrag zur Geschichte des deutschen Geistes.* Hildesheim-Nova York: Georg Olms, 1977. [Reprodução fotomecânica original da primeira edição da obra, de 1870].

HARDENBERG, Friedrich (Novalis). *Fragmentos, diálogos, monólogo.* Tradução de Rubens Rodrigues Torres Filho. São Paulo: Iluminuras, 2009.

HEINE, Heinrich. *Die romantische Schule.* In: Werke in drei Bänden. vol. III Schriften zu Literatur und Politik. Gütersloh: Betelsmann, 1985.

KLUCKHOHN, Paul. "Die Auffassung der Liebe in der Literatur des 18. Jahrhunderts und in der deutschen Romantik". Tübingen: Max Niemeyer Verlag, 1966.

LA ROCHEFOUCAULD, François de. *Réflexions ou sentences et maximes Morales.* In: *Oeuvres complètes.* Paris: Pléiade, 1964.

LUHMANN, Niklas. *O amor como paixão. Para a codificação da intimidade.* Lisboa: Difel, 1991.

RUGE, Arnold. *Lucinde. Romantik der Liebe und des Lebens.* Halle, 1839.

SCHLEGEL, Friedrich. *Lucinde.* In: *Kritische-Friedrich-Schlegel-Ausgabe.* vol. V. Paderborn: Ferdinand Schöningh, 1962.

_____. *O dialeto dos fragmentos.* Tradução de Márcio Suzuki. São Paulo: Iluminuras, 1997.

_____. *Fragmentos sobre poesia e literatura seguido de Conversa sobre a poesia.* Tradução de Constantino Luz de Medeiros e Márcio Suzuki. São Paulo: Editora Unesp, 2016.

_____. *Sobre o estudo da poesia grega.* Tradução, introdução e notas de Constantino Luz de Medeiros. São Paulo: Iluminuras, 2018.

SAAVEDRA, Miguel de Cervantes. *O engenhoso fidalgo dom Quixote de La Mancha.* vol. I. Tradução de Sérgio Molina. São Paulo: Editora 34, 2002.

SCHLEIERMACHER, Friedrich Daniel Ernst. *Vertraute Briefe über Friedrich Schlegels Lucinde.* Munique: Goldmann Verlag, 1985.

VERMEHREN, Bernhard J. *Briefe über Friedrich Schlegels Lucinde zur richtigen Würdigung derselben.* Jena, 1800.

LUCINDE

PRÓLOGO

Com alegre comoção, Petrarca contempla e abre a coleção de seus eternos romances. Cortês e lisonjeiro, o inteligente Boccaccio dirige-se às damas no início e no final de seu rico livro. E mesmo o grande Cervantes, já idoso e em sua agonia, mas ainda assim amável e cheio de terno engenho, vestiu o espetáculo colorido de suas obras cheias de vida com a preciosa tapeçaria de um prólogo, o qual já é ele mesmo um belo quadro romântico.

Uma planta esplêndida se ergue do frutífero solo que a nutre, carregando amorosamente muitas coisas que apenas a um mesquinho poderiam parecer supérfluas.

Mas o que há de dar meu espírito a seu filho, o qual, como ele, é tão pobre em poesia e tão rico em amor?

Apenas uma palavra, uma imagem de adeus: a águia-real não é a única que pode desprezar o grasnar dos corvos; o cisne também é orgulhoso e não o percebe. Nada o preocupa, a não ser conservar a pureza e o brilho de suas asas brancas. E apenas pensa em se aconchegar no colo de Leda, sem machucá-la, exalando em canções tudo o que nele é mortal.

CONFISSÕES DE UM DESAJEITADO[1]

DE JULIUS PARA LUCINDE

Os homens e aquilo que eles querem e fazem me pareciam, quando me lembrava disso, figuras cinzentas e sem movimento: mas, na sagrada solidão que me envolvia, tudo era cor e luz, e uma brisa quente e fresca de vida e de amor soprava em mim, sussurrando e se agitando em todos os ramos do exuberante bosque. Eu observava e desfrutava tudo ao mesmo tempo, o verde pujante, a floração branca e o fruto dourado. E assim, com os olhos de meu espírito, eu também contemplava a eterna e única amada em diversas formas: ora como a jovem infantil, ora como a mulher em plena floração e energia do amor e da feminilidade, e ora como a mãe respeitosa que segura o filho zeloso nos braços. Eu respirava a primavera, observando claramente a eterna juventude ao meu redor, e sorrindo, dizia: "Mesmo que o mundo não seja exatamente o melhor ou o mais útil, ainda assim sei que é o mais belo".[2] Imerso nesse sentimento ou pensamento, nada poderia ter

[1] O título do capítulo figurava isolado em uma página inteira na edição original da obra, o que demonstra a inserção de *Lucinde* na tradição da teoria romântica do romance enquanto uma forma de confissão. O título remete igualmente ao trecho intitulado Confissões de uma bela alma, do romance *Os anos de aprendizado de Wilhelm Meister*, assim como as famosas *Confissões* de Jean-Jacques Rousseau. Cf. Jean-Jacques Anstett, "Notes". In: Friedrich Schlegel, *Lucinde*. Introdução, tradução e notas de Jean-Jacques Anstett. Paris: Aubier, 1963, p. 223.

[2] Referência à filosofia de Gottfried Wilhelm Leibniz (1646-1716) e à menção de que Deus escolhera este mundo por ser o mais simples em suas leis naturais, assim como

me perturbado, nem as questões universais, e nem o meu próprio temor. Pois acreditava lançar um profundo olhar nos mistérios da natureza; sentia que tudo vive eternamente, e que mesmo a morte era amável e apenas uma ilusão. Mas, na verdade, eu não pensava muito nisso; não estava muito disposto a associar e dissociar conceitos. Em vez disso, gostava de me perder profundamente em todas as misturas e entrelaçamentos de alegria e de dor, de onde surge o tempero da vida, a florescência do sentimento, a voluptuosidade espiritual, assim como a bem-aventurança sensual. Um fogo sutil corria por minhas veias; o que eu sonhava era não apenas com um beijo ou um abraço teu; nem somente com o desejo de afastar o aguilhão atormentador da ânsia, e refrescar o doce ardor com a entrega; não era apenas por teus lábios que eu ansiava, ou por teus olhos e teu corpo; era, na verdade, uma confusão romântica de todas essas coisas, uma estranha mistura das mais variadas reminiscências e nostalgias. Todos os mistérios da exuberância feminina e masculina pareciam pairar ao redor de mim, quando, de repente, tua presença real e o vislumbre da alegria florescente em teu rosto incendiaram completamente meu ser solitário. Então, a espirituosidade e o encanto começaram a se alternar entre nós, transformando-se no pulso comum de nossa vida conjugal; nos abraçávamos com tanta alegria quanto religião. Eu te pedi vivamente para que pudesses, ao menos uma vez, entregar-te completamente a teu furor, e te supliquei para que fosses insaciável. Ainda assim, ouvia cada traço mínimo de alegria com fria serenidade, para que não me escapasse nada que pudesse deixar um vazio em nossa harmonia. Eu não apenas desfrutava o prazer, mas sentia prazer em ter prazer.

Tu és tão extraordinariamente inteligente, queridíssima Lucinde, e já deves ter suspeitado há muito tempo que tudo isso não passa de um belo sonho. Infelizmente é isso mesmo,

---

o mais diverso, pela multiplicidade de suas manifestações, sendo, portanto, o melhor dos mundos possíveis. Em sua obra *Cândido ou o Otimismo* (1759), Voltaire faz uma crítica severa a essa concepção de Leibniz.

e eu ficaria inconsolado se não tivesse a esperança de que logo pudéssemos concretizar ao menos uma parte desse sonho. O que há de verdade em tudo isso, é que há pouco eu estava na janela; não sei ao certo por quanto tempo, pois, junto com as outras regras da razão e da moralidade, também perdi completamente a noção do tempo. Assim, estava eu na janela e olhava para fora; a manhã merece certamente ser chamada de bela, o ar está calmo e bastante quente, a grama em frente a mim também está bem fresca, e, como a extensa planície, ora se eleva e ora declina, o rio prateado, calmo e vasto, também se move fazendo grandes arcos, até que, junto com a fantasia do amante, que como o cisne flutuava sobre ele, distancia-se cada vez mais, até perder-se lentamente na imensidão. A visão do bosque e de suas cores do Sul deve-se provavelmente à grande quantidade de flores aqui ao meu lado, entre as quais se encontra um número considerável de laranjas. O resto pode ser facilmente explicado pela psicologia. Foi uma ilusão, querida amiga, tudo ilusão, menos o fato de que eu estava anteriormente na janela sem fazer nada, e agora estou sentado aqui, fazendo algo que também não é muito mais do que nada.

**

Isso era tudo o que havia te escrito sobre o diálogo que travava comigo mesmo, quando algo informe e descortês interrompeu-me em meio a meus pensamentos suaves e minhas ideias profundas sobre o contexto dramático, maravilhoso e complicado de nossos abraços. Estava justamente a ponto de te apresentar, em períodos claros e verdadeiros, a história exata e imaculada de nossa frivolidade e de minha lassidão; a ponto de desenvolver uma explicação gradual e naturalmente progressiva de nossos mal-entendidos, os quais atacam o centro oculto da mais sutil existência; mas fui interrompido quando estava a ponto de expor as diversas consequências de minha falta de jeito, assim como os anos de aprendizado de minha masculinidade, os quais eu jamais posso contemplar em sua totalidade e em suas partes sem rir muito, sem alguma melancolia e sem considerável vaidade. Não obstante, como amante e escritor educado, quero tentar dar forma ao rude acaso, moldando-o de acordo com meus propósitos. Mas, para mim e por esse escrito, por meu amor a ele e por sua forma em si mesma, nenhum propósito é mais apropriado do que destruir logo de início o que chamamos de ordem, e afastá-la para longe da obra, reivindicando e reafirmando explicitamente, através da ação, o direito a uma confusão encantadora. Isso é ainda mais necessário, na medida em que a matéria de nossa vida e de nosso amor, que inspira meu espírito e minha pena, é tão irresistivelmente progressiva e tão inflexivelmente sistemática. E se a forma também o fosse, esta carta, única em seu gênero, teria uma unidade e monotonia insuportáveis, e não seria mais capaz de alcançar o que ela quer e deve: imitar e completar o mais belo caos de harmonias sublimes e prazeres interessantes. Desse modo, faço uso de meu direito incontestável à confusão, e coloco aqui, no lugar mais inapropriado, uma das muitas folhas espalhadas que escrevi ou estraguei, com a pena que usaste pela última vez, com as primeiras palavras que me vieram à mente, as quais tu, sem que eu soubesse, guardaste com cuidado. A escolha não será difícil para mim, já que entre todos os sonhos que estão aqui confiados aos eternos caracteres impressos e a ti, a memória do mais belo mundo é ainda a mais substanciosa, e a que carrega, mais que todas as outras, a semelhança com as chamadas ideias; por isso, entre todas as outras memórias, escolho a fantasia ditirâmbica sobre a situação mais bela. Pois, agora que sabemos com certeza que vivemos no mais belo dos mundos, é incontestável que precisamos nos instruir detalhadamente, por intermédio dos outros ou de nós mesmos, sobre a mais bela situação neste mundo que é o mais belo.

FANTASIA DITIRÂMBICA SOBRE A MAIS BELA SITUAÇÃO

Uma grande lágrima cai sobre a folha sagrada que encontrei aqui em teu lugar. Que maneira fiel e simples usaste para descrever a ideia antiga e ousada de meu propósito mais querido e secreto! Essa ideia cresceu em ti, e não me envergonho de admirar e de amar a mim mesmo nesse espelho. Apenas aqui me vejo completo e harmonioso, ou melhor, vejo em mim e em ti a humanidade em toda a sua plenitude. Pois teu espírito encontra-se igualmente claro e perfeito à minha frente; não são mais apenas traços que surgem e se esvaem; ao contrário, como uma daquelas formas que duram eternamente, ele me observa alegremente, com seus olhos sublimes, abrindo os braços para abraçar meu espírito. Os mais delicados, fugazes e sagrados traços e expressões da alma, os quais, por si só, parecem bem-aventurados àquele que não conhece o que é mais elevado, são apenas a atmosfera comum de nosso respirar e viver espirituais.

As palavras são pálidas e confusas; nessa profusão de imagens, a única coisa que me restava era repetir continuamente o sentimento inesgotável de nossa harmonia original. Um grandioso futuro me chama a sair rapidamente em direção à imensidão; cada ideia surge e se desdobra, originando novas e incontáveis ideias. Os extremos do prazer desenfreado e do pressentimento tranquilo vivem simultaneamente em mim. Eu me lembro de tudo, até mesmo dos sofrimentos, e todos os meus pensamentos passados e futuros se agitam, surgindo diante de mim. Em minhas veias inchadas, meu sangue selvagem se enfurece, minha boca tem sede de união, e a fantasia, escolhendo alternadamente entre as numerosas formas da alegria, não encontra nenhuma na qual o desejo possa ser satisfeito, e onde possa finalmente encontrar a paz. Então, com grande emoção, de repente me recordo novamente de uma época obscura, quando apenas aguardava sem ter esperança, e amava intensamente sem o saber, e quando o meu âmago se derramava em uma ânsia desconhecida, a qual ele apenas raramente exalava em suspiros meio reprimidos.

Sim! Eu consideraria um conto de fadas que pudesse existir tal alegria e tal amor como os que sinto agora, e uma mulher, que fosse para mim, ao mesmo tempo, a amante mais terna, a melhor companhia e uma amiga perfeita. Pois eu procurava na amizade sobretudo o que me faltava, e que não esperava encontrar em nenhum ser feminino. Em ti encontrei tudo isso, e até mais do que poderia ter desejado; mas também não és como as outras. Não fazes a mínima ideia daquilo que, por costume ou capricho, chamam de feminino. A não ser pelas pequenas singularidades, a feminilidade de tua alma consiste meramente no fato de que a vida e o amor têm o mesmo significado para ela; sentes tudo de uma forma completa e infinita, desconhecendo as separações; teu ser é uno e indivisível. Por isso, és tão séria e tão alegre, e compreendes tudo de uma maneira tão grandiosa e tão despreocupada, e, também por essa razão, me amas de um modo tão completo, não deixando nenhuma parte de mim para o Estado, para a posteridade ou para os amigos masculinos. Tudo pertence a ti, e em toda parte somos os mais próximos, entendendo um ao outro perfeitamente. Tu me acompanhas por todos os graus da humanidade, desde a mais desenfreada sensualidade até a espiritualidade mais espiritual;[1] e somente em ti eu vi o verdadeiro orgulho e a verdadeira humildade feminina.

Se o sofrimento mais extremo apenas nos envolvesse sem nos separar, isso não me pareceria nada mais que um contraste

[1] Em alemão, *bis zur geistigsten Geistigkeit*.

estimulante em face da sublime frivolidade de nossa união conjugal. Por que não deveríamos considerar mesmo o mais amargo capricho do acaso como um belo chiste e um divertido arbítrio, já que somos imortais como o amor? Não posso mais dizer: meu amor ou teu amor; ambos são idênticos e perfeitamente unos, tanto o amor que se dá quanto o que se recebe. É um casamento, a unidade e a aliança eterna de nossos espíritos, não apenas para o que chamamos deste ou daquele mundo, mas para o mundo verdadeiro, indivisível, inominado e infinito, para toda a eternidade de nosso ser e de nossa existência. Também por isso, se me parecesse o momento oportuno, eu esvaziaria contigo uma taça de destilado de louro-cereja,[2] com tanta felicidade e leveza como a última taça de champanhe que bebemos, enquanto eu dizia: "Bebamos, então, esse resto de nossa vida". Assim falei, bebendo apressadamente antes que o mais nobre espírito do vinho desaparecesse na espuma; e digo agora mais uma vez: vamos viver e amar. Eu sei que tu não desejarias sobreviver após a minha morte; acompanharias o marido precipitado até mesmo ao ataúde, e por prazer e amor, descerias ao abismo em chamas, ao qual uma lei insana obriga as mulheres hindus a descer, profanando e destruindo, com rude intenção, os templos mais delicados da arbitrariedade.

Ali, talvez a ânsia seja completamente saciada. Eu frequentemente pasmo diante disto: toda ideia, e tudo aquilo que seja formado em nós parece em si mesmo perfeito, único e indivisível, como uma pessoa; um pensamento suplanta o outro, e, o que agora mesmo estava tão próximo e presente, logo desaparece novamente na escuridão. Mas então, ressurgem os momentos de clareza repentina e universal, quando vários desses espíritos do mundo interior, através de um enlace maravilhoso, se fundem completamente em um só, e muitos pedaços já esquecidos de nosso eu irradiam sob uma nova luz, abrindo com seu brilho claro a noite do futuro. O que ocorre no pequeno, acredito que também ocorra

---

[2] No original: *Kirschlorbeerwasser*. Destilados feitos a partir da cereja (*Kirsch*), muito comuns na Alemanha.

no grande. O que chamamos de vida, para o homem completo, eterno e interior é apenas um pensamento único, um sentimento indivisível. Para ele também existem tais momentos da mais profunda e completa consciência, quando todas as vidas vêm à sua mente, se misturando e se separando de uma forma diversa. Nós dois, em um só espírito, ainda veremos que somos a florescência de uma planta ou as pétalas de uma flor, e sorrindo, saberemos que aquilo que agora chamamos de esperança na verdade era uma lembrança.

Lembras quando a primeira semente desse pensamento brotou em tua frente em minha alma, lançando imediatamente raízes na tua? Assim, a religião do amor entrelaça de uma forma cada vez mais íntima e mais forte nosso amor, assemelhando-se a uma criança que, como um eco, duplica o prazer de seus ternos pais.

Nada pode nos separar, e decerto toda distância apenas me arrastaria ainda mais violentamente a ti. Imagino como, no momento do último abraço, no caos de sentimentos contraditórios, eu cairia em lágrimas e em gargalhadas ao mesmo tempo. Então, eu permaneceria calmo, e em uma espécie de torpor, não acreditaria, de forma alguma, que estou distante de ti, até que os novos objetos ao meu redor me convencessem contra minha vontade. Mas então, minha ânsia cresceria de um modo irresistível, até que, levado nas asas dela, eu caísse em teus braços. E ainda que as palavras ou os homens suscitassem o desentendimento entre nós! A dor profunda seria passageira, logo se dissolvendo em uma harmonia ainda mais perfeita. Eu daria tão pouca atenção a isso, como a amante amorosa que, em meio ao entusiasmo do prazer, não se importa com sua pequena ferida.

Como a distância poderia nos distanciar se até mesmo o presente é para nós tão presente?[3] Precisamos aliviar e refrescar seu fogo devorador com gracejos, de modo que, entre as figuras

---

[3] Procurou-se manter o jogo linguístico e sonoro criado pelo narrador entre as palavras *Entfernung* (distância) e *entfernen* (distanciar), *Gegenwart* (presente) e *gegenwärtig* (ser, estar presente).

e situações, a mais engraçada seja também a mais bela para nós. Entre todas, uma é a mais engraçada e a mais bela: quando trocamos os papéis e, com prazer infantil, apostamos para ver quem sabe imitar melhor o outro: se tu te sais melhor imitando a veemência protetora do homem, ou eu imitando a entrega atraente da mulher. Mas sabes que para mim esse doce jogo também tem outros encantos? Não é apenas a volúpia do esgotamento, ou o pressentimento da vingança. Vejo aqui uma alegoria maravilhosa e profundamente significativa do aperfeiçoamento do homem e da mulher em busca de uma humanidade plena e completa. Há muita coisa nesse tema, e o que nele se oculta não se mostra tão rápido como eu, quando sou vencido por ti.

***

Essa foi a fantasia ditirâmbica sobre a situação mais bela no mais belo mundo! Ainda me lembro muito bem como a recebeste naquela época e o que achaste dela. Mas também acredito saber muito bem como a receberás e o que acharás dela aqui neste pequeno livro, do qual esperas a mais história fiel, a verdade despretensiosa e o entendimento tranquilo, e até mesmo a moral, a gentil moral do amor. "Como se pode querer escrever o que mal é permitido dizer, aquilo que só se deveria sentir?" Eu respondo: o que se sente é preciso querer dizer, e o que se quer dizer deve-se também poder escrever.

Eu queria primeiramente demonstrar e provar a ti, que na natureza do homem se encontra, de um modo original e essencial, certo entusiasmo tolo que tem afeição por deixar escapar tudo que é sensível e sagrado, e que não raramente tropeça desajeitadamente na ingenuidade de seu próprio zelo, e que, em uma palavra, é facilmente divino até a grosseria.

Através dessa apologia eu certamente me salvaria, mas talvez apenas sacrificando a própria masculinidade: pois, ainda que vós mulheres tenhais grande consideração pelos homens enquanto indivíduos, tendes sempre muito a opor à totalidade da espécie. Não quero ter absolutamente nada em comum com tal raça, preferindo me defender e me desculpar por minha liberdade e minha insolência apenas com o exemplo da inocente e pequena Guilhermina, pois ela também é uma dama a quem amo da maneira mais terna. Por essa razão quero caracterizá-la um pouco.

CARACTERIZAÇÃO DA
PEQUENA GUILHERMINA

Quando se observa essa criança singular sem levar em consideração qualquer teoria parcial, mas, como é conveniente fazê-lo, em seu todo, pode-se dizer ousadamente — e talvez isso fosse o melhor que poderia absolutamente ser dito a respeito dela — que é a pessoa mais engenhosa de sua época ou de sua idade. E isso não é dizer pouco, pois, quão raro é possível encontrar uma formação tão harmônica entre seres de dois anos?! A mais forte entre as muitas provas de sua perfeição interior é sua alegre satisfação consigo mesma. Depois de comer, ela tem o costume de apoiar a pequena cabeça, com uma seriedade cômica, nos dois bracinhos esticados sobre a mesa, e arregalar os olhos, lançando olhares inteligentes ao redor de toda a família. Depois, endireita o corpo com a mais viva expressão de ironia, rindo da própria esperteza e de nossa inferioridade. Ela realmente é muito bufona e tem muito sentido para a bufonaria. Se imito seus gestos, ela imediatamente imita minha imitação; e assim, desenvolvemos uma linguagem mímica e nos entendemos através dos hieróglifos da arte da representação. Acredito que ela tenha mais inclinação para a poesia do que para a filosofia; assim, ela prefere ser transportada, e somente viaja a pé em caso de emergência. As duras dissonâncias de nossa língua materna nórdica se misturam em sua língua, transformando-se na suave e doce melodia dos dialetos italianos e hindus. Ela gosta particularmente de rimas, como de tudo o que é belo; e nunca se cansa de repetir e cantar incessantemente, para si mesma, todas as suas imagens favoritas, como uma seleção clássica de seus pequenos prazeres.

A poesia trança as flores de toda classe de coisas em uma leve grinalda; do mesmo modo, Guilhermina nomeia e rima lugares, épocas, acontecimentos, pessoas, brinquedos e comidas, misturando tudo em uma confusão romântica, tanto de palavras como de imagens, tudo isso, sem digressões ou transições artificiais, as quais, no fim das contas, apenas servem ao entendimento, impedindo todo ímpeto de ousadia da fantasia. Na fantasia dela tudo na natureza é vivo e animado; ainda me recordo frequentemente com prazer quando, com um pouco mais de um ano de idade, ela viu e sentiu uma boneca. Um sorriso divino iluminou seu pequeno rosto, enquanto imediatamente dava um beijo afetuoso nos lábios coloridos de madeira. Decerto! Na natureza humana encontra-se enraizado o desejo de comer tudo o que se ama, e de colocar qualquer objeto novo na boca, buscando desmembrá-lo em seus elementos constituintes. O desejo saudável de conhecimento faz com que o homem queira apreender seu objeto por completo, penetrando e mordendo até encontrar seu âmago. A ação de tocar, ao contrário, permanece somente na superfície exterior, e todo toque concede apenas um conhecimento indireto e imperfeito. Entretanto, é um espetáculo interessante observar como uma criança cheia de espírito vê a imagem de si mesma em um objeto, tentando compreendê-lo com as mãos, orientando-se por meio dessas primeiras e últimas antenas da razão; intimidado, o elemento estranho se oculta, enquanto a pequena filósofa persegue diligentemente o objeto de sua investigação inicial.

Sem dúvida, é tão raro encontrar espírito, engenho e originalidade em crianças quanto em adultos. Mas tudo isso e tantas outras coisas não pertencem a este escrito, e me levariam para além de meu objetivo! Pois essa caracterização não deve expor nada mais que um ideal, o qual quero manter sempre perante meus olhos para que, nesta pequena obra de arte da bela e graciosa sabedoria da vida, não me desvie jamais da linha delicada do que é razoável; e para que me perdoes de antemão por todas as liberdades e insolências que ainda acredito tomar; ou mesmo para que possas julgá-las e apreciá-las de um ponto de vista mais elevado.

Será que estou errado quando procuro a moralidade nas crianças, e a delicadeza e a ternura nos pensamentos e nas palavras, sobretudo, no sexo feminino?

E vê só! Essa adorável Guilhermina não raramente encontra um prazer indescritível em deitar-se gesticulando com as perninhas para cima, sem a mínima preocupação com sua saia ou com a opinião do mundo. Se Guilhermina pode fazer isso, o que não posso eu fazer? Por Deus! Já que sou um homem, não preciso ser mais delicado que a mais delicada das mulheres?

Oh, invejável liberdade de preconceitos! Livra-te também, querida amiga, de todos os resquícios de falsa vergonha, assim como eu frequentemente te arranquei os vestidos fatais, espalhan-do-os em uma bela anarquia. E se esse pequeno romance de minha vida te parecer muito selvagem, pensa então que ele é apenas uma criança, e suporta seus caprichos inocentes com paciência maternal, deixando-te acariciar por ele.

Se não queres ser tão rigorosa quanto à verossimilhança e à plena significação de uma alegoria, e se esperavas encontrar tanta falta de jeito como a que se deve exigir das confissões de um desajeitado, e se é que o disfarce não pode ser violado, então, vou te narrar aqui mais um de meus últimos devaneios, pois ele chega a um resultado semelhante ao da caracterização da pequena Guilhermina.

ALEGORIA DA INSOLÊNCIA

Estava eu despreocupado, num jardim criado com muita arte, junto a um canteiro circular, o qual brilhava no caos das mais magníficas flores, cultivadas em terras estrangeiras ou em nosso país. Eu aspirava a fragrância aromática e me deleitava com as diversas cores; quando, de repente, um monstro horrendo saltou bem do meio das flores. Parecia inchado de veneno, a pele transparente apresentava todas as cores alternadamente, e era possível ver os intestinos retorcendo-se feito vermes. O monstro era grande o suficiente para excitar medo; enquanto abria as garras em forma de caranguejo, que movimentava para todos os lados ao redor de todo seu corpo, às vezes ele saltava como um sapo, e então, voltava a se arrastar com a mobilidade asquerosa de seus inúmeros pequenos pés. Eu me afastei com horror; mas, como queria me perseguir, enchi-me de coragem, e, com um forte empurrão, derrubei-o de costas, e imediatamente ele me pareceu ser apenas um sapo comum. Não foi pequeno o meu assombro, ainda mais quando, de repente, alguém bem próximo a mim disse: "Este [monstro] é a opinião pública, e eu sou o engenho; teus amigos falsos, aquelas flores, já estão todas murchas". Olhei ao meu redor e vi um homem de meia estatura; os traços grandes de seu rosto nobre eram tão elaborados e exagerados como os que frequentemente vemos nos bustos romanos. Um fogo afável brilhava em seus olhos abertos e claros, e duas grandes tranças caíam-lhe estranhamente por sobre a fronte audaciosa. "Vou renovar diante de ti um antigo espetáculo", disse ele, "alguns jovens na encruzilhada de um caminho. Eu mesmo os criei com a fantasia divina em meus momentos de ócio, porque acreditava que valeria a pena. São os verdadeiros romances, quatro no total, e todos imortais como nós."

Olhei para onde ele apontava e vi um belo jovem, quase nu, correndo sobre a planície verde. Ele já se encontrava distante, de modo que apenas pude perceber como montou sobre um cavalo e galopou velozmente como se quisesse ultrapassar a brisa quente da noite, fazendo troça de sua lentidão. Sobre a colina, surgiu um cavaleiro com sua armadura completa, de figura alta e majestosa, quase um gigante; mas a precisão exata de sua estatura e de sua forma, junto à franca amabilidade em seu olhar expressivo e nos movimentos cerimoniosos lhe emprestavam certa elegância antiquada. Ele inclinou-se em direção ao sol poente, apoiando-se lentamente sobre um dos joelhos, e parecia rezar com grande fervor, a mão direita sobre o coração, a esquerda sobre a testa. O jovem que antes galopava velozmente, agora se estendia tranquilo na encosta, tomando os últimos raios de sol; mas então, com um salto ele se levantou, se despiu e se jogou na correnteza do rio, onde passou a brincar com as ondas, submergindo e reaparecendo novamente até se jogar outra vez na torrente. Longe, na escuridão do bosque, algo como uma figura com um traje grego pairava no ar; mas, se o for, pensava eu, não pode ser uma figura terrena, pois, as cores eram tão pálidas, e tudo estava envolto em tal neblina sagrada. Todavia, após deter meu olhar longamente e de um modo mais preciso, aquilo também se revelou como um jovem, porém, de uma espécie completamente oposta. A alta figura apoiava a cabeça e os braços sobre uma urna; seus olhos sérios pareciam ora buscar algo perdido no chão, ora perguntar algo às pálidas estrelas que começavam a brilhar; um suspiro abriu seus lábios, de onde pendia um afável sorriso.

Enquanto isso, aquele primeiro jovem sensual se cansou de seus exercícios corporais, e, com passos leves, se apressou em nossa direção. Estava completamente vestido, quase como um pastor de ovelhas, porém, de um modo bem colorido e estranho.

Vestido daquele modo ele estava apto a ir a um baile de máscaras; e de fato, os dedos de sua mão esquerda brincavam com os laços que pendiam de uma máscara. O fantástico jovem poderia muito bem ter sido confundido com uma garota espirituosa que havia se disfarçado por capricho. Até então, ele seguia direto em nossa direção, mas de repente titubeou; primeiro foi para um lado, depois, rindo de si mesmo, voltou-se rapidamente para o outro lado. "Esse jovem não sabe se prefere a insolência ou a delicadeza", disse meu acompanhante. Do lado esquerdo eu via um grupo de belas mulheres e de jovens meninas; do lado direito, uma mulher muito alta se encontrava sozinha; porém, quando tentei olhar para aquela figura descomunal, seu olhar cruzou o meu de um modo tão penetrante e temerário que abaixei meus olhos. No meio das mulheres estava um jovem que reconheci imediatamente como um irmão dos outros romances. Era um daqueles iguais aos que se vê no presente, todavia, muito mais culto; sua figura e seu rosto não eram belos, mas finos, muito inteligentes e extremamente atrativos. Seria possível considerá-lo tanto um francês quanto um alemão. Suas roupas e maneiras eram simples, porém, primorosas e totalmente modernas. Ele divertia a sociedade e parecia ter um interesse vivo por todas. As jovens se agitavam muito ao redor da elegante dama, conversando animadamente entre si. "Tenho muito mais sentimento que tu, querida moralidade!", disse uma delas, "Além disso, também me chamo alma, na verdade me chamo bela alma." Moralidade ficou um pouco pálida, as lágrimas quase saltaram-lhe dos olhos. "Mas ontem fui tão virtuosa", disse ela, "Em meu esforço em ser ainda mais virtuosa estou fazendo cada vez mais progressos. Eu mesma já me censuro tanto, por que devo ainda ouvir suas censuras?" Outra jovem, a modéstia, ficou com inveja daquela que afirmou ser uma bela alma, e disse: "Estou com raiva de ti, só queres me usar". Ao ver a pobre opinião pública deitada de costas e tão desamparada, a jovem decência derramou três lágrimas e meia, e então, de um modo interessante, fez que secava os olhos, que, todavia, não estavam molhados. "Não fiques admirado com essa franqueza", disse o engenho; "ela não é nem ordinária e nem arbitrária. A todo-poderosa fantasia tocou essas sombras incorpóreas com sua vara mágica para que revelem o seu íntimo. Logo adiante ouvirás ainda mais. Mas insolência fala por contra própria." "O jovem sonhador acolá", disse delicadeza, "deverá realmente me divertir. Ele sempre fará belos versos sobre mim. Eu o manterei à distância como o cavalheiro. O cavalheiro é realmente bonito, isso se não tivesse um semblante tão sério e solene. O mais inteligente de todos é certamente o elegante, que agora conversa com a modéstia, acho que fazendo troça dela. Pelo menos disse muita coisa bela sobre a moralidade e seu rosto insípido. Mas foi comigo que mais conversou, e poderia até mesmo ter me seduzido se eu não tivesse mudado de ideia, ou se não aparecesse alguém mais na moda." Nesse instante, o cavalheiro também se aproximou do grupo; sua mão esquerda descansava sobre o cabo da grande espada, com a direita ele saudou de maneira cortês os presentes. "Vós sois verdadeiramente medíocres, e eu estou entediado", disse o homem moderno, bocejando e indo embora.

Então percebi que as mulheres que à primeira vista achara belas, na verdade, eram apenas joviais e gentis, e no mais insignificantes. Observando com mais atenção seria possível perceber até mesmo traços vulgares e certos sinais de devassidão. Insolência me parecia então menos rude, e como pude olhar para ela com ousadia, devo confessar com estupefação que sua figura era grande e nobre. Movendo-se rapidamente em direção à bela alma, ela a segurou pelo rosto e disse: "Isto é apenas uma máscara, tu não és a bela alma, no máximo a elegância, e no mais das vezes a coqueteria".[1] Então, ela se dirigiu ao engenho com as seguintes palavras: "Se foste tu o criador daquilo que agora chamam de romances, poderias ter ocupado melhor teu tempo. Apenas aqui e ali, entre os melhores, é que consigo encontrar algo da leve

---

[1] Schlegel utiliza no original em alemão o termo *Koketerie*, o que remete ao caráter assanhado, espevitado, atiçado, sapeca.

poesia da vida fugidia. Mas para onde se retirou a música ousada do coração amoroso, ela que arrasta tudo consigo, e faz com que até o mais selvagem indivíduo derrame lágrimas ternas, e mesmo as eternas rochas dancem? Ninguém é tão tolo e nem tão sóbrio que não possa falar de amor; mas quem ainda conhece o amor não possui coração e nem fé para exprimi-lo". O engenho pôs-se a rir, o jovem divino fez um sinal de aprovação ao longe, e ela continuou: "Se os que são pobres de espírito querem gerar filhos engenhosos, e se os que não compreendem a questão ainda assim ousam viver, isso é muito indecente, pois é completamente antinatural e indecoroso. Todavia, o fato de que o vinho espuma e o relâmpago brilha é completamente correto e decoroso". O romance leviano fez então sua escolha; sob a influência das palavras de Insolência ele se aproximou, parecia completamente entregue a ela. De mãos dadas, ela se apressou a sair dali junto com ele, dizendo de passagem ao cavaleiro: "Nos vemos novamente". "Essas foram apenas aparências exteriores", disse meu protetor; "Logo tu verás teu próprio interior; por falar nisso, sou uma pessoa real e o engenho real, juro isso por mim mesmo, sem estender meu braço até o infinito." Então, tudo desapareceu, e mesmo o engenho cresceu e se expandiu até não estar mais ali. Embora não estivesse mais diante e fora de mim, eu acreditava reencontrá-lo dentro de mim, um pedaço de mim mesmo, ainda que distinto de mim, vivo em si mesmo e independente.

Um novo sentido parecia ter nascido em mim: descobri em meu interior uma massa pura de luz suave. Retornei a mim mesmo e ao novo sentido cujas maravilhas observava. Esse novo sentido percebia de um modo tão claro e preciso como um olho espiritual voltado ao interior; no entanto, suas percepções eram tão interiores e silenciosas como as da audição, e tão imediatas como do sentimento. Logo reconheci novamente a cena do mundo exterior, mas de um modo mais puro e transfigurado: acima de mim a manta azul do céu; abaixo de mim, o tapete verde da rica terra que logo começou a formigar de alegres figuras. Pois aquilo que eu mais desejava vivia agora em meu íntimo, irrompendo aqui próximo a mim, antes mesmo que eu tivesse esboçado claramente o desejo. Logo vi figuras queridas que conhecia, assim como outras desconhecidas, com estranhas máscaras, como um enorme carnaval do prazer e do amor. Saturnálias interiores dignas da grandiosa Antiguidade por sua estranha diversidade e licenciosidade. Mas esse bacanal espiritual não se desenrolou entusiasticamente por muito tempo, pois todo meu mundo interior foi dilacerado como por um choque elétrico, e então — não sei como ou de onde — ouvi as palavras aladas: "Destruir e criar, o uno e o todo; e assim, o espírito eterno paira eternamente sobre a corrente eterna e universal do tempo e da vida, percebendo cada onda audaciosa antes que se dissolva". Essa voz da fantasia soou terrivelmente bela e muito estranha, porém, as palavras que se seguiram foram mais suaves e pareciam dirigidas a mim: "É chegada a hora. A essência interior da divindade pode ser revelada e exposta, todos mistérios podem ser desvelados, e o temor deve cessar. Consagra-te a ti mesmo e anuncia que apenas a natureza é digna de veneração, e apenas a saúde é digna de ser amada".

Ao ouvir as palavras misteriosas "é chegada a hora", uma centelha de fogo celeste caiu do céu em minha alma, todo o meu ser ardeu e se estremeceu, o fogo insistia e se arremessava querendo se expressar. Tentei pegar as armas e lutar pelo amor e pela verdade, me lançando no tumulto belicoso das paixões que se enfurecem com preconceitos e com armas, mas não havia armas. Abri a boca para anunciá-los através do canto, pensando que todos deveriam ouvir minha canção e o mundo inteiro ressoar em harmonia, mas me lembrei que meus lábios não haviam aprendido a arte de imitar os cantos do espírito. "Não queiras comunicar o fogo imortal em sua forma pura e crua", disse a voz familiar de meu acompanhante. "Forma, inventa, transforma, e mantém o mundo e suas formas eternas em uma mudança contínua de novas separações e enlaces. Oculta e une o espírito à letra. A verdadeira letra é todo-poderosa, é a verdadeira vara de condão. É com ela que a fantasia, a grande feiticeira, toca o sublime caos da natureza plena com irresistível arbitrariedade, chamando à luz a palavra infinita; a palavra que é a imagem fiel e o espelho do espírito divino que os mortais chamam de Universo."[2]

✳✳✳

A vantagem que a vestimenta feminina tem em relação à masculina é a mesma que o espírito feminino tem em relação ao masculino, em razão de que por meio deles, através de uma combinação única e ousada, é possível se colocar acima de todos os preconceitos da cultura e das convenções burguesas e, de repente, se encontrar no cerne de um estado de inocência, no seio da natureza.

A quem então deveria a retórica do amor dirigir sua apologia da natureza e da inocência senão a todas as mulheres? Elas, em cujos ternos corações, o fogo sagrado da voluptuosidade divina encontra-se profundamente encerrado; um fogo que jamais se extingue, ainda que seja desprezado ou contaminado. E após as mulheres, a retórica do amor naturalmente também deveria se dirigir aos jovens, e àqueles homens que também permaneceram jovens. Mas entre esses é preciso fazer uma importante distinção. Os jovens poderiam ser divididos entre os que possuem o que Diderot chama de sentimento da carne, e os que não possuem.[3] Um dom raro! Muitos pintores de talento e percepção ansiaram sua vida inteira por esse sentimento em vão, e muitos virtuosos da masculinidade terminaram sua carreira sem ter a mínima noção dele. Não é possível alcançá-lo da forma vulgar. Um libertino pode até saber como abrir um cinto com alguma espécie de charme,

---

[2] No original: *Buchstabe* (letra) e *Zauberstabe* (varinha mágica).

[3] Friedrich Schlegel se refere à expressão de Diderot *"Le sentiment de la chair"*, literalmente "o sentimento da carne", utilizado pelo filósofo francês em sua obra *Le Salon*, de 1765, para demonstrar que havia adquirido o sentimento ou a sensibilidade para as luzes, as cores e a pintura em geral. Cf. Denis Diderot, *Salons d'Exposition de 1765 et 1767.* Paris: Belin Imprimeur Libraire, 1818, p. 3.

mas somente o amor pode ensinar ao jovem o sentido para aquela arte superior da voluptuosidade, pela qual a força masculina é transformada em beleza. É uma eletricidade do sentimento, e ao mesmo tempo, interiormente, uma atenção calma e silenciosa; exteriormente é uma certa transparência límpida, como nas partes luminosas das pinturas que um olho sensível sente de maneira tão evidente. É uma mistura e uma harmonia maravilhosa de todos os sentidos: do mesmo modo, na música também há tons completamente sem artifício, puros e profundos, os quais o ouvido não parece ouvir, mas na verdade beber, quando o sentimento tem sede de amor. De resto, o sentimento da carne não se deixa definir mais detalhadamente. Também não é necessário. Basta dizer que é o primeiro grau da arte do amor entre os jovens, e um dom nato das mulheres, sendo que apenas pelo favor e pela graça delas é que esse sentimento pode ser comunicado e formado neles. Com os infelizes que não o conhecem, não se deve falar de amor: pois, embora exista uma necessidade natural, não há um pressentimento de amor no homem.

O segundo grau da arte do amor tem já algo de místico e poderia facilmente parecer irracional, como todo ideal. Um homem que não consegue satisfazer o desejo interior de sua amada não sabe realmente ser o que ele é, e o que deve ser. Na verdade, ele é incapaz e não pode contrair um matrimônio válido. Embora a grandeza finita mais elevada desapareça perante o infinito, mesmo com a melhor das intenções, o problema não pode ser resolvido pela força bruta. Mas quem tem fantasia também pode comunicá-la; e onde há fantasia, os amantes aceitarão voluntariamente as privações, para depois se entregarem às extravagâncias; o caminho deles leva ao interior de seu ser, seu objetivo é a intensidade infinita, uma indivisibilidade sem número e medida; na verdade, eles nunca precisam passar por privações, pois a magia [do amor] pode substituir tudo. Mas, silêncio sobre esses mistérios! O terceiro e mais supremo grau é o sentimento permanente de calor harmonioso. O jovem que possuir esse sentimento não ama apenas como um homem, mas também como uma mulher. Nele a humanidade está consumada, e ele alcançou o ápice da vida. Pois se é certo que os homens são por natureza apenas ardentes ou frios; para alcançar o calor eles devem primeiro ser formados. Por outro lado, as mulheres possuem por natureza um calor sensual e espiritual, tendo sentido para qualquer espécie de calor.

Se acaso este livro pequeno e extravagante for alguma vez encontrado, impresso ou mesmo lido, então ele deverá causar a mesma impressão em todos os jovens felizes. Ele apenas se distinguirá de acordo com os diferentes níveis da formação deles. Aos do primeiro grau, o livro excitará o sentimento da carne, aos do segundo grau ele poderá satisfazer por completo, enquanto aos do terceiro grau ele emprestará apenas a sensação de calor.

Algo completamente diferente se sucederia com as mulheres. Entre elas não há nenhuma que não seja iniciada; pois cada uma contém em si o amor por inteiro, um amor de cuja essência inesgotável nós jovens estamos sempre aprendendo um pouco mais. Tanto faz se já estão desenvolvidas ou ainda em flor. Até mesmo a jovem em sua inocente ignorância já sabe de tudo antes mesmo que o raio do amor tenha incendiado o seio terno e transformado o botão cerrado no cálice das flores do prazer. E se um botão pudesse ter sentimento, o pressentimento da flor não seria muito mais nítido nele do que em sua própria consciência?

É por essa razão que no amor feminino não há graus ou níveis de formação, não há mesmo nada geral; apenas muitos indivíduos e muitos tipos singulares. E nenhum Lineu pode classificar e destruir essa bela vegetação e essas belas plantas no grande jardim da vida;[4] e apenas o iniciado e favorito dos deuses compreende sua botânica maravilhosa, e tem a divina arte de adivinhar e reconhecer suas forças e belezas ocultas, e saber quando é o tempo de sua floração, e qual o tipo de solo que necessitam. Lá onde principia o mundo, ou melhor, onde principia a humanidade, é também o

---

[4] Carolus Linnaeus (1707-1778), botânico, zoólogo e médico sueco, considerado o pai da taxonomia moderna.

verdadeiro centro da originalidade, e nenhum sábio investigou as profundezas da feminilidade.

Uma coisa parece dividir as mulheres em duas grandes classes: a saber, se elas respeitam e honram os sentidos, a natureza, a si mesmas e a masculinidade, ou se perderam a verdadeira inocência interior, pagando todo prazer com arrependimento até chegar à amarga falta de sentimentos em face de sua desaprovação interior. Essa é a história de muitas mulheres. Primeiro elas temem os homens, depois são entregues a indignos, os quais logo as odeiam ou as enganam até que desprezem a si mesmas e a seu destino de mulher. Sua pouca experiência lhes parece universal, enquanto tudo o mais lhes soa ridículo. O pequeno círculo de grosseria e vulgaridade ao redor do qual constantemente se movem é para elas o mundo todo, não lhes ocorre que também poderiam existir outros mundos. Para esse tipo de mulheres, os homens não são seres humanos, mas apenas homens, uma espécie própria, que, apesar de ser fatal, é imprescindível contra o tédio. Elas mesmas são também apenas uma espécie, tanto uma como a outra, sem originalidade e sem amor.

Mas será que elas são incuráveis porque não estão curadas? Para mim, é perfeitamente óbvio que não há nada mais antinatural para uma mulher do que o falso pudor (um vício no qual não consigo pensar sem certa fúria interior) e nada mais penoso que a ausência de naturalidade; e não quero determinar o limite disso e nem considerar mulher alguma incurável. Acredito que sua falta de naturalidade nunca pode ser confiável, mesmo que tenham desenvolvido certa facilidade e desenvoltura até o ponto de demonstrarem a aparência de consequência e de caráter. Pois continua sendo apenas aparência; o fogo do amor é absolutamente inextinguível, e mesmo embaixo das cinzas mais profundas ardem algumas centelhas.

Despertar essas centelhas sagradas, purificá-las das cinzas dos preconceitos, e, onde a chama já arde intensamente, alimentá-la com modestas oferendas, esse seria o objetivo mais alto de minha ambição masculina. Permite-me confessar: não amo apenas a ti, amo a própria feminilidade. E não apenas a amo, eu a adoro, porque adoro toda a humanidade, e porque a flor é o ápice da planta e de sua beleza e formação naturais.

A religião à qual retorno é a mais antiga, infantil e simples. Venero o fogo como o símbolo mais perfeito da divindade; e onde há um fogo mais belo do que aquele que a natureza encerrou profundamente no terno seio das mulheres? Consagra-me tu mesma como sacerdote, não para que eu contemple esse fogo ociosamente, mas para libertá-lo, despertá-lo e purificá-lo: pois, quando é puro, ele conserva a si mesmo sem guardião e sem vestais.

Como podes ver, estou escrevendo e fantasiando, não sem unção, nem sem vocação, tão pouco escrevo sem vocação divina. E como não se sentiria capaz aquele a quem o próprio engenho, com uma voz vinda do alto do céu aberto, disse: "Tu és meu querido filho, com o qual me agrado".[5] E por que não devo dizer de mim mesmo, por meu próprio poder e vontade: "Sou o querido filho do engenho"; assim como mais de um nobre que vagou pela vida em busca de aventuras disse de si: "Sou o querido filho da fortuna".

Além disso, gostaria na verdade de falar sobre a impressão que este romance fantástico teria sobre as mulheres se, por acaso ou arbítrio, o encontrarem e o revelarem ao público. De fato, seria igualmente impróprio se eu não fosse capaz de te oferecer, ainda que muito brevemente, algumas pequenas provas de meu dom profético e divinatório, de modo a demonstrar meu direito à dignidade sacerdotal.

Todas me entenderiam, nenhuma me compreenderia mal ou abusaria de mim, como os jovens não iniciados. Muitas me compreenderiam melhor do que eu mesmo, mas apenas uma

---

[5] Schlegel retoma o Evangelho Segundo São Mateus (17, 5), no qual se narra a transfiguração de Jesus perante os apóstolos Pedro, Tiago e João: "Falava ele ainda, quando veio uma nuvem luminosa e os envolveu. E daquela nuvem fez-se ouvir uma voz que dizia: 'Eis o meu Filho muito amado, em quem pus toda a minha afeição'". Cf. In: *Sagrada Bíblica Católica*. Tradução de José Simão. São Paulo: Sociedade Bíblica de Aparecida, 2008, p. 1304.

me compreenderia por completo, e essa és tu. Todas as outras espero atrair e repelir alternadamente, às vezes feri-las e outras vezes conciliá-las. Em cada mulher cultivada a impressão será completamente diferente e completamente única; tão única e tão diversa como sua maneira peculiar de ser e de amar. À Clementina o todo da obra interessará apenas enquanto objeto singular, no qual, todavia, ela poderá encontrar coisas inusitadas que considerará adequadas. Chamam-na de severa e impetuosa, ainda assim acredito em sua amabilidade. Sua impetuosidade se harmoniza com sua severidade, ainda que exteriormente ambas as qualidades pareçam se intensificar. Se nela houvesse apenas severidade, ela pareceria fria e sem coração; a impetuosidade demonstra que nela há um fogo sagrado que quer se libertar. Podes imaginar como ela seria com alguém que a amasse seriamente. A suave e vulnerável Rosamunda também vai se afastar e se aproximar até que "a tímida delicadeza se torne mais ousada e não veja nada mais que inocência nos atos íntimos de amor". Juliana tem tanta poesia quanto amor, tanto entusiasmo quanto engenho; mas cada qualidade dessas [características] está muito isolada nela; por essa razão, muitas vezes ela reagirá com pavor ao caos atrevido desta obra, desejando um pouco mais de poesia e um pouco menos de amor no conjunto.

Eu poderia continuar por muito tempo, pois estou tentando com todas as minhas forças compreender a natureza humana, e frequentemente não conheço outro uso mais apropriado de minha solidão do que refletir sobre o modo como essa ou aquela mulher interessante poderia talvez ser ou comportar-se nesta ou naquela situação interessante. Mas por enquanto basta, pois senão essa diversidade seria demais para ti, ou para teu profeta. Apenas não penses tão mal de mim, acreditando que não escrevo somente para ti, mas para todos os contemporâneos. Acredita em mim, estou apenas preocupado com a objetividade do meu amor. É essa objetividade e toda a predisposição a ela o que confirma e forma a magia deste escrito, e como não me foi dado o dom de exaurir meu fogo em canções, preciso confiar esse belo segredo aos traços silenciosos da pena. Mas, ao agir assim, não penso no mundo contemporâneo e muito menos no mundo futuro. Se devo pensar em algum mundo, que seja então no mundo antigo.[6] Que o próprio amor seja eternamente novo e jovem, mas que sua linguagem seja livre e ousada, segundo o antigo costume clássico, não mais honesta que a elegia romana e os homens mais nobres de todas as nações, e nem mais racional do que o grande Platão e a sagrada Safo.

---

[6] Procurou-se manter o jogo que Schlegel faz utilizando a palavra *Welt* (mundo) entre *Mitwelt* (mundo contemporâneo), *Nachwelt* (mundo futuro) e *Vorwelt* (Antiguidade, mundo passado).

IDÍLIO SOBRE O ÓCIO

"Vê, aprendi sozinho, um deus implantou muitos ensinamentos em minha alma." Assim posso atrever-me a falar, quando não se trata da alegre ciência da poesia, mas da divina arte da preguiça. E com quem deveria eu pensar e falar sobre o ócio senão comigo mesmo? Assim também falei naquela hora imortal na qual o gênio me inspirou a anunciar o Evangelho superior do verdadeiro prazer e amor: "Ó, ócio, ócio! Tu és o ar vital da inocência e do entusiasmo, a ti respiram os bem-aventurados, e bem-aventurado é quem te possui e guarda, ó tu, joia sagrada! Único fragmento de semelhança divina que nos restou do paraíso". Ao falar assim comigo mesmo eu me encontrava sentado, como uma jovem pensativa lendo um romance despretensioso à beira de um riacho. Acompanhava com os olhos as ondas que passavam. Mas as ondas fugiam e passavam tão serenas, quietas e sentimentais como se um Narciso quisesse se refletir em sua superfície clara e embriagar-se em seu belo egoísmo. Também a mim elas poderiam ter atraído, fazendo com que me perdesse cada vez mais profundamente na perspectiva interior de meu espírito; mas minha natureza é muito desinteressada e prática, e até mesmo minha especulação preocupa-se incessantemente apenas com o bem universal. Por isso, apesar de meu ânimo se encontrar tão abatido em meio a seu bem-estar, assim como os membros estarem estirados e cansados em razão do fortíssimo calor, eu pensava seriamente na possibilidade de um abraço duradouro. Pensava em formas de prolongar os momentos em que estávamos juntos, evitando, assim, as elegias infantis e sentimentais futuras em razão de nossa separação repentina, para que pudéssemos nos regozijar com tais ironias do destino, pois já haviam acontecido e por serem inevitáveis. Apenas depois que a força utilizada pela razão na busca desse ideal inacessível se dilacerou e adormeceu foi que me abandonei à torrente de pensamentos, ouvindo todos os contos de fadas coloridos, com os quais o desejo e a imaginação, sirenes irresistíveis em meu próprio peito, enfeitiçavam meus sentidos. Não me ocorreu criticar a ilusão sedutora de um modo indigno, embora eu soubesse que quase tudo era apenas uma bela mentira. A música delicada da fantasia parecia preencher os espaços vazios criados pela ânsia. Agradecido, observei isso e decidi repetir no futuro para nós dois, através de minha própria sensibilidade, o que a grande fortuna tinha concedido a mim dessa vez, iniciando para ti esse poema da verdade. Assim surgiu o primeiro germe dessa estranha planta da arbitrariedade e do amor. E tão livre como brotou, pensei, deve também crescer exuberantemente e de um modo selvagem; jamais cortarei sua viva abundância de folhas e de galhos por um amor rasteiro à ordem e à parcimônia.

Como um sábio do Oriente, estava completamente mergulhado em uma sagrada meditação e em uma tranquila contemplação das substâncias eternas, sobretudo, as tuas e as minhas. A grandeza em repouso, dizem os mestres, é o mais elevado objeto das artes plásticas; e mesmo sem querê-lo claramente ou me esforçar indignamente por isso, minha imaginação poética deu às nossas substâncias eternas esse nobre estilo. Me recordei e nos vi no momento em que um sonho tranquilo caiu sobre nós, enquanto nos abraçávamos. De vez em quando, algum de nós abria os olhos, rindo sobre o doce sono do outro, e despertando o suficiente para dizer uma palavra chistosa, ou acariciar o outro; mas, antes que a travessura iniciada tivesse se acabado, voltávamos a adormecer juntos, abraçados fortemente no seio bem-aventurado do autoesquecimento semiconsciente.

Então, com extrema indignação pensava naqueles seres humanos maus, que querem subtrair o sono da vida. Provavelmente, eles nunca dormiram e nunca viveram. Por que razão os deuses são deuses, senão pelo fato de consciente e intencionalmente não fazerem nada, já que entendem e são mestres nisso? E como se esforçam os poetas, os sábios e os santos para se assemelhar aos deuses nesse sentido! E como rivalizam entre si no elogio da solidão, do ócio, da despreocupação liberal e da inatividade! Com grande razão, pois, tudo o que é bom e belo já existe e se mantém por sua própria força. Qual o sentido então dessa aspiração incessante e do progresso sem trégua e sem centro? Será que essa tempestade esse ímpeto podem alimentar e dar bela forma à infinita planta da humanidade, que cresce silenciosa formando-se a si mesma? Essa atividade incessante e vazia nada mais é do que um mau costume nórdico, causando apenas o tédio, dos outros e o nosso. E como é que começa e termina isso senão com antipatia perante o mundo, algo tão comum hoje em dia? A presunção inexperiente não sabe que isso é apenas a ausência de sentido e entendimento, e considera-o como [uma espécie] de mau humor superior perante a feiura geral do mundo e da vida, o qual, aliás, ela não tem o mínimo pressentimento. Ela não pode saber o que é isso, pois a diligência e a utilidade são anjos da morte que, com a espada de fogo, impedem o retorno do homem ao paraíso. Apenas na serenidade e na suavidade, no silêncio sagrado da verdadeira passividade é que o homem pode se lembrar de seu eu por completo, e contemplar o mundo e a vida. Como é que todo pensar e poetizar acontecem senão quando o homem se entrega e se abandona totalmente à influência de algum gênio? Todavia, falar e dar forma são apenas coisas secundárias em todas as artes e ciências, pois o essencial é pensar e poetizar, o que só é possível através da passividade. Quanto mais belo o clima, mais passivo o homem. Só os italianos sabem como caminhar, e só os orientais entendem o modo de repousar; mas onde o espírito se formou de um modo mais delicado e doce do que na Índia? E em toda parte do mundo o que diferencia os homens superiores dos inferiores é o direito ao ócio. Esse é o princípio intrínseco da nobreza.

Finalmente, onde há mais prazer, mais duração, força e espírito do gozo do que entre as mulheres, cujo papel na relação chamamos de passivo? Ou acaso entre os homens, nos quais a transição da fúria para o tédio é mais rápida que a passagem do bem para o mal?

Na verdade, não se deveria negligenciar o estudo do ócio de um modo tão repreensivo, mas transformá-lo em arte e ciência, e mesmo em religião! Resumindo: Quanto mais divino é o homem ou a obra do homem, mais se assemelha com a planta; entre todas as formas da natureza, essa é a mais moral e a mais bela. Assim, a forma de vida mais elevada e mais perfeita nada mais é do que um puro vegetar.

Satisfeito no gozo de minha existência, resolvi me elevar sobre todos os objetivos e propósitos finitos e desprezíveis. A própria natureza parecia me fortalecer nessa tarefa, exortando-me com hinos polifônicos em direção ao ócio futuro, quando, de repente, uma nova aparição revelou-se a mim. Acreditava estar invisível em um teatro: de um lado, as conhecidas tábuas, as lâmpadas e os papelões pintados, do outro lado, um tumulto imenso de espectadores, um verdadeiro mar de cabeças curiosas e olhos interessados. Ao lado direito do proscênio, em vez da decoração, um Prometeu criava homens. Estava preso a uma longa corrente e trabalhava a maior pressa e esforço; ao seu lado se encontravam algumas criaturas monstruosas que o incitavam e açoitavam continuamente. Havia uma quantidade abundante de cola e outros materiais; o fogo ele o retirava de uma grande caldeira de carvão. À sua frente a figura muda de Hércules divinizado se mostrava tal como é reproduzido, com Hebe em seu colo. Uma grande quantidade de jovens — que estavam muito felizes e não pareciam viver apenas para as aparências — corria e conversava na parte frontal do palco. Os mais jovens se assemelhavam a amorinos, os mais velhos pareciam as imagens de faunos; todavia, cada um tinha seu estilo particular e uma acentuada originalidade na expressão facial.

Todos eles tinham certa similaridade com o diabo dos pintores ou poetas cristãos, seria possível chamá-los de diabinhos.[1] Um dos menores disse: "Quem não deprecia não pode apreciar; só se pode fazer ambas as coisas infinitamente, e o bom-tom consiste em jogar com os homens. Não será então certa maldade estética uma parte essencial da formação harmônica?". "Nada é mais tolo", disse um outro jovem, do que quando moralistas vos repreendem por vosso egoísmo. Eles estão completamente errados, pois que deus será venerado pelo homem se não venerar a si mesmo como seu próprio deus? Vós estais completamente equivocados quando acreditais possuir um eu; se, ao contrário, identificais esse eu com seu corpo, seus nomes, ou as vossas coisas, pelo menos um lugar será preparado para quando esse eu surgir." "E deveis honrar verdadeiramente esse Prometeu", disse um dos maiores, "Foi ele quem vos fez e está sempre fazendo outros como vós."

De fato, os auxiliares de Prometeu lançavam cada novo homem, assim que estava pronto, entre os espectadores, de modo que logo não era mais possível diferenciá-lo dos outros, pois todos eram muito semelhantes entre si. "Apenas seu método é equivocado!" continuou o diabinho, "como se pode querer formar sozinho os homens? Esses não são, de modo algum, os instrumentos apropriados." E, apontando para a rude figura do deus dos jardins, o qual se encontrava no fundo do palco entre um Amor e uma Vênus muito bela e desnuda, ele disse: "Quanto a isso, tinha razão nosso amigo Hércules, que podia ocupar cinquenta jovens em uma noite pelo bem da humanidade, e de modo heroico. Ele também trabalhou e estrangulou muitos monstros ferozes, mas o objetivo de sua carreira sempre foi o nobre ócio, por essa razão ele entrou no Olimpo. Isso não foi o que ocorreu com esse Prometeu, o inventor da educação e do Iluminismo. É dele que herdastes isso de não poder nunca vos aquietar e estar sempre ocupados; disso

---

[1] Segundo Márcio Suzuki, *amorinos* são os *amorini* italianos, ou seja, criança pintada ou esculpida, que representa o deus do Amor; *Sataniskel* é a forma germanizada de *satanisci* (diabretes) ou "diabinhos". Cf. Márcio Suzuki, "Notas". In: Friedrich Schlegel, *O dialeto dos fragmentos*. São Paulo: Iluminuras, 1991, p. 202, nota 209.

decorre também que, quando não têm nada para fazer, almejais ter um caráter e até mesmo vos ocupais em observar e sondar uns aos outros. Isso é um mal começo. Por ter seduzido os homens ao trabalho, Prometeu agora também deve trabalhar, queira ele ou não. Ele ainda terá muito tédio e nunca se libertará de suas amarras". Ao ouvir isso, os espectadores romperam em lágrimas e subiram ao palco para expressar a seu pai seus sentimentos de compaixão, e assim desapareceu a comédia alegórica.

FIDELIDADE E BRINCADEIRA

— Estás só, Lucinde?

— Não sei... talvez... acho que sim...

— Por favor, por favor! Querida Lucinde. Sabes muito bem que quando a pequena Guilhermina diz "Por favor, por favor", e não lhe obedecemos, ela grita imediatamente, e cada vez mais alto, até que sua vontade seja cumprida.

— Então, tu deverias me contar, querido, por que te precipitaste ofegantemente para dentro de meu quarto, me assustando daquela forma?

— Não fiques brava, querida, doce mulher! Oh! Deixa-me, minha criança! Minha linda! Não me repreendas, boa menina!

— Então, não irás dizer agora: fecha as portas?

— Sim?... Daqui a pouco te responderei. Primeiro um beijo bem longo, e mais um, e mais um, e muitos outros.

— Oh! Tu não deves me beijar assim senão eu perco o juízo. Isso traz mal pensamentos.

— Tu os mereces. Sabes realmente rir, minha dama mal-humorada? Quem iria pensar nisso! Mas sei muito bem que tu ris porque podes rir de mim. Não é por prazer que o fazes. Quem estava agora mesma tão séria como um senador romano?

"Poderias parecer realmente encantadora, doce criança, com teus divinos olhos negros, com teus longos cabelos negros no reflexo brilhante do sol poente, se não estivesses sentada como em um tribunal. Meu Deus! Me olhaste de tal maneira que até me afastei para trás. Por pouco não me esqueci do principal e fiquei bem confuso. Mas, por que não falas nada? Estou sendo antipático?"

— Bem, isso é engraçado! Tolo Julius! Por acaso tu deixas alguém falar? Tua ternura flui hoje como uma tempestade.

— Como tua conversa de noite.

— Oh, deixa meu lenço, meu senhor.

— Deixar? De jeito algum. Para que serve esse miserável lenço? Preconceitos! Por isso ele deve desaparecer do mundo.

— E se alguém chegar!

— Lá vai ela novamente, como se fosse chorar! Estás bem, não estás? Por que razão teu coração está tão intranquilo? Vem, deixa-me beijá-lo. Sim, há pouco falavas em fechar as portas. Bom, mas assim não, aqui não. Rápido, vamos lá embaixo, através do jardim até o pavilhão onde estão as flores. Vem! Oh! Não me faças esperar tanto!

— Como ordenas, meu senhor!

— Não sei, estás esquisita hoje.

— Se começas a moralizar, querido amigo, então, podemos retornar agora mesmo. Prefiro dar-te mais um beijo e ir na frente.

— Oh, não fujas tão rapidamente, Lucinde. A moral não vai conseguir te alcançar. Tu irás acabar caindo, meu amor!

— Não queria fazer-te esperar por muito tempo. Mas agora estamos aqui. Tu também és apressado.

— E tu és muito obediente, mas agora não é hora de discutir.

— Fica calmo, fica calmo!

— Estás vendo, aqui podes descansar de um modo confortável e apropriado. Mas se dessa vez tu não... então não tens desculpa.

— Não vais nem abaixar a cortina?

— Tens razão, a iluminação fica muito mais sedutora. E como brilha belamente esse quadril branco na luz vermelha!... Por que estás tão fria, Lucinde?

— Querido, coloque as flores de jacinto mais longe, o cheiro me atordoa.

— Que firme e independente, que liso e fino! Isso é formação harmônica!

— Oh, não, Julius! Não faças, eu te peço, eu não quero.

— Não posso sentir se ardes como eu? Oh, deixa-me ouvir as batidas de teu coração, e refrescar meus lábios na brancura de teus seios!... Não me afastes. Vou me vingar. Abraça-me mais forte, beijo contra beijo; não, não muitos, um beijo eterno. Toma toda minha alma e me dá a tua!... O belo e maravilhoso ao mesmo tempo! Não somos crianças?

"Diga algo! Como podes ser tão indiferente e fria para depois, quando me trazes finalmente para perto, no mesmo momento, fazer uma cara como se algo te doesse, como se quisesses te desculpar por corresponder a meu ardor? O que há? Estás chorando? Não escondas seu rosto! Olha para mim, minha amada!"

— Oh, deixa-me ficar aqui encostada em ti, não posso olhar em teus olhos. Foi mesmo terrível de minha parte, Julius! Podes me perdoar, meu querido! Não vais me abandonar? Ainda podes me amar?

— Vem aqui, minha doce mulher! Aqui em meu coração. Lembras como foi lindo, há alguns dias, quando choraste em meus braços? E como te sentiste aliviada! Mas fala, o que há contigo, meu amor? Estás brava comigo?

— Estou brava comigo. Eu poderia bater em mim mesma... É claro que estaria bem para ti. E se no futuro te comportares de um modo mais marital, meu senhor, então me esforçarei também para que possas me encontrar como uma esposa. Podes confiar nisso. Devo rir pelo modo como me surpreendeste. Mas não imagines, meu senhor, que sejas tão inumanamente amável. Dessa vez, eu desisti de meu propósito por vontade própria.

— A primeira e a última vontade é sempre a melhor. Para compensar o fato de que as mulheres geralmente dizem menos do que pensam, elas às vezes fazem mais do que querem. Isso é muito justo: a boa vontade te seduz. A boa vontade é uma coisa muito boa, mas o ruim dela é que sempre está aí, mesmo quando não se quer.

— Isso é um belo defeito. Mas vós, homens, estais cheios de má vontade, e sois obstinados nisso.

— Ah, não! Se parecemos obstinados é somente porque não sabemos fazer de outro jeito, assim, não é ruim. Não podemos porque na verdade não queremos, não é má vontade, mas falta de vontade. E de quem é novamente a culpa, senão vossa, pois, não desejais dividir conosco a abundância de boa vontade que possuís, querendo guardar tudo apenas para vós? Por falar nisso, foi completamente contra minha vontade que acabamos nessa discussão falando de vontade, e eu mesmo não sei o que pretendemos com isso. De qualquer forma é sempre melhor que eu me acalme com palavras em vez de quebrar a bela porcelana. Com isso, pude me recobrar de minha estupefação sobre teu inesperado páthos, teu discurso perfeito e teu propósito louvável. Na verdade, esse é um dos mais estranhos truques que já me deste a honra de conhecer; que eu me recorde, não falaste há semanas durante o dia em períodos tão sossegados e completos como em teu sermão anterior. Terias o prazer de traduzir tua opinião em prosa?

— Tu realmente já te esqueceste por completo da noite de ontem e da interessante sociedade? Decerto, eu não sabia disso.

— Então, é por isso que estavas brava, porque conversei demais com Amalia?

— Que tu fales quanto tempo quiser, e com quem bem entender. Mas sejas gentil comigo, é o que te peço.

— Tu falavas tão alto, e aquele estranho estava bem ao nosso lado, tive medo e não sabia o que fazer.

— Ou seja, foste rude por não saber o que fazer?

— Perdoa! Reconheço meu erro, sabes como fico embaraçado a teu lado no meio da sociedade. Desculpa-me por falar assim contigo na presença dos outros.

— Como sabes te desculpar bem!

— Não me deixes passar por isso nunca mais, e fica muito atenta e severa. Mas, veja o que fizeste! Não é isso uma profanação? Oh, não! Não é possível, é ainda mais que isso. Admita, foi ciúme.

— Esqueceste de mim a noite inteira, de uma maneira muito deselegante. Queria te escrever tudo isso hoje de manhã, mas rasguei tudo o que escrevi.

— E quando entrei em teu quarto de repente?

— Tua pressa enorme me aborreceu.

— Será que tu me amarias se eu não fosse tão inflamável e elétrico? Tu também não és assim? Esqueceste de nosso primeiro abraço? O amor surge em um momento, completo e para sempre, ou não surge de modo algum. Tudo o que é divino e tudo o que é belo é rápido e suave. Ou por acaso é possível guardar a alegria como dinheiro ou outros materiais por intermédio de um comportamento consequente. A grande sorte nos surpreendeu, surgiu e desapareceu como se fosse uma música no ar.

— Foi assim que apareceste para mim, meu querido! Mas queres que eu desapareça? Tu não deves querer isso, é o que te digo.

— Não quero. Desejo ficar contigo para sempre, e também agora. Escuta, tenho muita vontade de te fazer um longo discurso sobre o ciúme; mas antes devemos reconciliar os deuses ofendidos.

— Prefiro primeiro o discurso, depois os deuses.

— Tens razão, ainda não somos dignos, e tu levas um longo tempo para esquecer algo que te perturbou e contrariou. É tão belo que sejas tão sensível!

— Não sou mais sensível que tu, apenas de outro modo.

— Então me diz: se não sou ciumento, como se explica então que sejas ciumenta?

— Será que sou ciumenta sem motivos? Responde tu.

— Não sei o que estás dizendo.

— Não sou ciumenta, mas conta o que tu conversaste a noite inteira?

— Ciúme de Amalia, então? É possível? Que infantilidade! Não falei sobre absolutamente nada com ela, por isso foi tão divertido. Não conversei também com Antonio por um longo tempo, ele, que eu via quase todos os dias não muito tempo atrás?

— Então devo acreditar que tu falas com a coquete da Amalia da mesma forma que com o silencioso e sério Antonio? É mesmo verdade que não passa de uma amizade clara e pura?

— Não, não deves e não precisas acreditar nisso, porque não é absolutamente assim. Como é que tu podes me acusar de tal tolice? Pois é muita tolice quando duas pessoas de sexos diferentes têm uma relação e se iludem acreditando que é pura amizade. Não, nada de mais com Amalia a não ser o fato de que amo brincar com ela. Também não gostaria que ela fosse um pouco menos coquete. Ah, se tivesse mais gente assim em nosso círculo! Na verdade deve-se amar todas as mulheres de brincadeira.

— Julius! Acredito que tu estás te tornando completamente tolo.

— Olha, tenta entender o que eu digo: não se deve brincar de amar todas, mas apenas aquelas que são amáveis e que assim nos pareçam.

— Isso nada mais é do que aquilo que os franceses chamam de galanteio e coqueteria.

— Nada mais, a não ser o fato de que acredito que é belo e engraçado. E as pessoas também devem saber o que fazem e o que querem, o que é bem raro. Na mão delas, a mais fina brincadeira logo se transforma em seriedade grosseira.

— Só que não é nada fácil levar na brincadeira essa história de amar por brincadeira.

— Mas a brincadeira não tem culpa disso; isso nada mais é do que o ciúme fatal. Perdoa, meu amor, não quero ficar nervoso, mas não consigo compreender de modo algum como alguém pode ser ciumento; pois assim como não devem ocorrer ofensas entre amantes, tão pouco devem existir os favores. Desse modo, isso deve ser insegurança, falta de amor ou infidelidade para consigo mesmo. Para mim, a felicidade é uma certeza e o amor é o mesmo que fidelidade. É claro que o modo como as pessoas amam é outra coisa. Entre elas o homem ama na mulher apenas a espécie, a mulher ama no homem apenas o grau de suas qualidades naturais e de sua posição social, e ambos amam suas crianças apenas por serem o resultado de sua obra malfeita e sua propriedade. Entre elas a fidelidade é um mérito e uma virtude, e o ciúme também tem seu lugar. Pois acham totalmente correto acreditar que existe muita gente igual a elas, que um tem quase o mesmo valor que outro enquanto ser humano, e que todos juntos não valem especialmente muito.

— Ou seja, tu consideras o ciúme simplesmente como uma brutalidade vazia e como falta de cultura.

— Sim, ou como falsa cultura e inversão de valores, o que é tão ruim ou até mesmo pior. De acordo com esse sistema, a melhor coisa ainda é casar-se propositalmente por mera complacência e cortesia; é óbvio que para esse tipo de gente é muito cômodo e divertido passar a vida juntos em uma relação de desprezo mútuo. As mulheres em particular são capazes de desenvolver uma grande paixão pelo matrimônio; e quando uma delas encontra bastante prazer nisso, não é difícil se casar uma meia dúzia de vezes, uma atrás da outra, espiritual ou corporalmente; assim, em meio a tal variedade, nunca há falta de oportunidade de ser delicada e de conversar muito sobre a amizade.

— Falaste de um modo como se nos considerasse incapazes da amizade. É realmente essa tua opinião?

— Sim, mas acredito que a incapacidade está mais na própria natureza da amizade do que em vós. Tudo que amais, vós amais por completo, seja o amante ou o filho. Convosco, até mesmo uma relação entre irmãs teria esse caráter.

— Nisso tens razão.

— Para vós, mulheres, a amizade é muito versátil e muito unilateral. A amizade deve ser absolutamente espiritual e ter limites extremamente claros. Essa divisão destruiria vossa natureza feminina tão completamente como a mera sensualidade sem amor, apenas de um modo mais sutil. Mas para a sociedade a amizade é muito séria, muito profunda e muito sagrada.

— Mas as pessoas não podem conversar entre si sem se questionar se são homens ou mulheres?

— Isso poderia ter resultados muito sérios. Na melhor das hipóteses o que aconteceria seria um encontro interessante, se entendes o que quero dizer. Já seria uma grande conquista se as pessoas pudessem conversar de um modo livre e engenhoso, não sendo nem muito precipitadas e nem muito rígidas. Porém, sempre faltaria o melhor e o mais delicado — aquilo que se mostra como o espírito e a alma em toda parte onde há uma pequena e boa sociedade —, isto é, a brincadeira do amor e o amor pela brincadeira, o qual, sem o sentido para o amor, degenera-se na chacota. Por essa razão também defendo as ambiguidades.

— Tu o fazes como brincadeira ou como chacota?

— Não, não, faço de um modo completamente sério.

— Mas não tão sério quanto Paulina e seu amante?

— Deus me livre! Aqueles dois fariam os sinos da igreja tocar a cada vez que se abraçassem se isso fosse elegante. Oh! É verdade, minha amiga, o homem é por natureza uma besta séria. É necessário lutar de todos os modos contra essa inclinação vergonhosa e abominável. As ambiguidades são também boas para esse fim; o único problema é que raramente são ambíguas, e quando não o são e permitem apenas uma interpretação, isso não é exatamente imoral, mas importuno e maçante. Conversas levianas devem, tanto quanto possível, ser espirituais, sensíveis e modestas, no mais podem igualmente ser perversas.

— Está bem, mas qual o lugar dessas conversas na sociedade?

— Elas devem manter fresca a conversação, como o sal na comida. A questão não é saber por que conversar assim, mas apenas como se deve conversar assim. Pois não se pode e não se deve abandonar tais conversas. Seria rude conversar com uma jovem atraente como se ela fosse um anfíbio assexuado. É um dever e uma obrigação aludir sempre ao que ela é e o que será; e em uma sociedade tão indelicada, rígida e culpada como a que existe, deve ser realmente uma situação estranha ser uma jovem inocente.

— Isso me lembra o famoso bufão, o qual estava frequentemente triste apesar de fazer todos os outros rirem.

— A sociedade é um caos que só pode ser formado e harmonizado pelo engenho; e quando não se brinca e se joga com os elementos da paixão, ela se transforma em uma massa grosseira, obscurecendo tudo.

— Então pode ser que haja aqui paixões no ar, pois está quase escuro.

— Tu deves certamente ter fechado os olhos, senhora do meu coração! Senão uma claridade geral iluminaria infalivelmente o quarto.

— Quem é mais apaixonado, Julius, eu ou tu?

— Ambos somos igualmente apaixonados. Se assim não o fosse, eu não ia querer viver. Vê! É por essa razão que eu pude me reconciliar com o ciúme. No amor há de tudo: amizade, companhia agradável, sensualidade, e também paixão; tudo isso deve estar presente no amor, e cada coisa deve fortalecer, suavizar, animar e elevar a outra.

— Deixa-me abraçar-te, meu amor fiel!

— Mas só posso te permitir o ciúme com uma condição. Sempre achei que uma pequena dose de ira cultivada e refinada não faria mal ao homem. Talvez se dê o mesmo contigo em relação ao ciúme.

— Exatamente! Assim eu não preciso renunciar completamente ao ciúme.

— Se ele sempre se exteriorizar de um modo tão belo e engenhoso como ocorreu contigo hoje!

— Achas? Da próxima vez que te enfureceres de um modo tão belo e engenhoso, te direi a mesma coisa e te louvarei também.

— Não somos dignos agora de aplacar os deuses ofendidos?

— Sim, se teu discurso terminou, senão prossegue.

ANOS DE APRENDIZADO
DA MASCULINIDADE

Brincar de faraó com a aparência do mais apaixonado envolvimento, mas na verdade estar distraído e ausente. Arriscar tudo em um momento de ímpeto, e assim que tudo estiver perdido, distanciar-se com indiferença: esse era apenas um dos maus hábitos com os quais Julius estropiava sua agitada juventude. O exemplo é suficiente para descrever o ânimo de uma vida que, na plenitude das forças rebeldes, continha em si o germe inevitável da prematura ruína. Um amor sem objeto queimava nele, transtornando seu interior. Ao menor ensejo as chamas da paixão irrompiam, mas, por orgulho ou por capricho, logo essa paixão parecia desdenhar de seu próprio objeto, e com redobrada fúria voltava-se contra si mesma e contra ele, consumindo o âmago de seu coração. Seu espírito se encontrava em um estado de constante agitação. Esperava que algo de excepcional lhe aconteceria a qualquer momento. Nada lhe era estranho, nem mesmo o próprio declínio. Sem ocupação e sem objetivo, vagava entre as coisas e as pessoas como alguém que temerosamente procura algo do qual depende toda a sua felicidade. Tudo podia o encantá-lo, mas nada lhe bastava. Como consequência, todo excesso apenas lhe era interessante até que ele mesmo o tivesse provado e conhecido bem. Mas nenhum tipo de excesso se tornava um hábito exclusivo, já que também possuía em si tanto o desprezo quanto a leviandade. Era capaz de viver na luxúria com prudência e, ao mesmo tempo, mergulhar em seu prazer. Todavia, não era nisso, e tão pouco nos muitos amores e estudos — aos quais seu entusiasmo juvenil se lançava com interesse voraz — que encontrava a grande felicidade exigida por seu coração com tanto ímpeto.

Os traços dessa busca surgiam por toda parte, enfraquecendo seu ímpeto. As relações de todo tipo o atraíam de um modo exagerado, e embora muitas vezes o enfastiassem, ele sempre retornava a essas distrações sociais. Não conhecia de modo algum as mulheres, ainda que estivesse acostumado a estar com elas desde menino. Elas lhe pareciam figuras maravilhosamente estranhas, totalmente incompreensíveis, e quase como seres que não eram de sua espécie. Por outro lado, reagia com um amor quente e com verdadeira fúria de amizade aos jovens rapazes que lhe eram semelhantes. Mas apenas isso não era suficiente. Era como se quisesse abraçar o mundo mas não conseguisse agarrar nada. E assim, em razão desse anseio não satisfeito, se degenerava cada vez mais. Tornava-se sensual por desesperar com o que era espiritual, passando a cometer atos de imprudência por teimosia contra o destino, sendo até mesmo imoral de uma forma quase ingênua. Ele via muito bem o abismo diante de si, mas não achava que valia a pena diminuir o passo. Como um caçador selvagem, preferia descer de forma corajosa e abrupta o súbito precipício da vida a se atormentar lentamente e com cautela.

Com uma índole dessas era inevitável que mesmo entre a sociedade mais amigável e animada ele se sentisse muitas vezes solitário. Na verdade, era quando ninguém estava por perto que se sentia menos sozinho. Nessas horas, embebedava-se com imagens de esperança e recordação, deixando-se seduzir intencionalmente por sua própria imaginação. Cada um de seus desejos crescia ininterruptamente com uma rapidez impressionante, desde o primeiro e mais suave sentimento, até a paixão sem limites. Todos os seus pensamentos adquiriam forma e movimento visíveis, atuando sobre ele e entre si com clareza e força cada vez mais sensuais. Seu espírito não se esforçava mais por segurar as rédeas do autocontrole, ao contrário, livrava-se voluntariamente delas para se atirar com prazer e extravagância nesse caos de vida interior. Apesar de ter vivido muito pouco, estava cheio de lembranças, inclusive de sua primeira juventude. Um momento singular de atmosfera apaixonada, um diálogo, uma conversa do fundo do coração permaneciam-lhe eternamente caros, surgindo nítidos em sua memória, de modo que, mesmo depois de anos, ele se recordava como se houvessem ocorrido no presente. Mas tudo o que amava, e tudo aquilo em que pensava com amor, se encontrava apartado e isolado. Em sua fantasia, todo o seu ser era uma massa desconexa de fragmentos, e cada fragmento era uno e completo em si. Aquilo que se encontrava próximo ou relacionado lhe era indiferente, na verdade nem mesmo existia.

Ainda não estava completamente pervertido quando, em meio a seus desejos solitários, uma imagem sagrada da inocência brilhou em sua alma. Um raio de desejo e lembrança o tocou e o inflamou, e esse sonho perigoso foi decisivo para toda a sua vida.

Ele se recordou de uma nobre jovem com quem se divertiu de um modo amigável e alegre, por pura inclinação infantil, nos tempos tranquilos e felizes da fresca juventude.

Graças ao interesse que demonstrou, ele foi o primeiro a atraí-la, fazendo com que a querida criança dirigisse sua jovem alma em sua direção como uma flor busca a luz do sol. O fato de que ainda não estava madura, e que não era mais que uma criança, estimulava seu desejo de um modo ainda mais irresistível. Possuir a jovem parecia-lhe o sumo bem. Estava resoluto a arriscar tudo, acreditando não poder viver sem isso. Ao mesmo tempo, abominava tudo aquilo que, mesmo de longe, remetesse às relações burguesas, bem como qualquer tipo de obrigação.

Então, ele apressou-se para retornar à proximidade dela, encontrando-a ainda mais desenvolvida, nobre e singular, e tão sensata e orgulhosa como antes. O que mais o atraía, além de sua amabilidade, eram os traços de um profundo sentimento. Ela parecia apenas atravessar a vida de um modo alegre e leve, como por uma planície repleta de flores, mas seu olhar atento revelava a disposição mais resoluta para uma paixão sem limites. Sua inclinação, sua inocência e seu modo de ser discreto e reservado em relação a ele davam-lhe facilmente os meios para vê-la a sós, e o perigo que isso envolvia apenas aumentava o atrativo de tal empreitada. Mas muito a contragosto, ele teve de admitir que não estava nem um pouco perto de seu objetivo, reprovando sua inexperiência até mesmo em seduzir uma criança. Ela até se abandonava de bom grado a algumas carícias, revidando com tímida sensualidade. Mas tão logo ele tentava ultrapassar esses limites, ela se opunha com teimosia implacável, embora sem parecer ofendida. Talvez agisse assim mais pela crença em um mandamento desconhecido do que por seu próprio sentimento sobre o que era permitido e o que era absolutamente proibido.

Entretanto, ele não se cansava de esperar e observar. Um dia ele a surpreendeu quando menos esperava. Ela já estava sozinha havia muito tempo, de modo que talvez houvesse se entregado mais que o de costume à sua fantasia e a uma ânsia indeterminada. Quando percebeu isso, não quis desperdiçar um momento oportuno que talvez nunca mais se repetisse; essa esperança repentina fez com que ele entrasse em um frenesi de entusiasmo. Uma torrente de súplicas, adulações e sofismas que fluiu de seus lábios. Então, ele a cobriu de carícias, entrando em êxtase quando ela finalmente repousou sua encantadora cabecinha em seu peito, como uma flor muito carregada se dobra em seu talo. Seu corpo esbelto se apertou sem reserva contra o dele, os cachos sedosos de seu cabelo dourado passavam por sua mão, sua bela boca se abriu em um anseio delicado, e um fogo estranho brilhava lânguido dos piedosos olhos azul-escuros. Ela apenas resistia de um modo muito tênue aos carinhos mais ousados. Logo, até mesmo essa resistência cessou, e ela deixou cair os braços, entregando-lhe tudo, o terno corpo virginal e os frutos de seu jovem peito. Porém, no mesmo instante uma torrente de lágrimas irrompeu de seus olhos, e o mais amargo desespero desfigurou seu rosto. Julius levou um violento susto, não tanto pelas lágrimas, mas imediatamente voltou a si. Pensou em tudo o que ocorrera antes e no que aconteceria depois, na vítima que tinha diante de si, e no pobre destino dos seres humanos. Então, um calafrio lhe percorreu o corpo e um leve suspiro vindo das profundezas de seu peito lhe escapou pelos lábios. Do alto de sua própria consciência, ele sentiu desprezo por si mesmo, esquecendo o presente e suas intenções com pensamentos de simpatia universal.

A oportunidade estava perdida. Ele buscou então apenas consolar e apaziguar a boa menina, saindo rápido e com horror do lugar onde quis despedaçar malignamente a coroa de flores de sua inocência. Sabia muito bem que alguns de seus amigos, que acreditavam tão pouco como ele na virtude feminina, achariam seu comportamento inexperiente e ridículo. Ele próprio quase chegara a essa conclusão quando começou a pensar novamente de um modo frio. Ainda assim, considerava excelente e interessante a tolice cometida. Acreditava que, em situações comuns, as naturezas nobres deveriam necessariamente parecer simples ou loucas aos olhos da multidão. E como da próxima vez que encontrou a jovem ele notou, ou acreditou ter notado, que parecia bem insatisfeita por não ter sido seduzida por completo, ele confirmou sua desconfiança e ficou extremamente amargurado. Uma espécie de desprezo, ao qual ele tão pouco tinha direito, tomou conta de seu ser, fazendo com que ele deixasse aquele lugar e se recolhesse à antiga solidão, consumindo-se em sua própria ânsia.

Assim, por algum tempo, começou a viver como antes, alternando melancolia e alegria. O único amigo que possuía a força e a seriedade suficientes para o consolar, ocupar seu tempo e evitar que se perdesse estava muito longe, de modo que até nesse ponto sua ânsia permanecia insatisfeita. Desse modo, ao abrir os braços impetuosamente na direção do amigo como se ele finalmente pudesse estar ali, e após esperar longamente em vão, ele logo os deixou cair outra vez. Não derramou lágrimas, mas seu espírito caiu em uma agonia de melancolia desesperançada da qual ele apenas despertava para cometer novas tolices.

Alegrou-se ruidosamente ao olhar para trás e ver, sob o brilho do magnífico sol matutino, a cidade que havia amado desde criança, onde vivera tão intensamente até pouco tempo, e que agora esperava deixar para sempre. Respirava a vida fresca da nova pátria que o aguardava em terras estranhas e cujas imagens já amava com veemência.

Ele encontrou rapidamente outro lugar encantador para morar, onde, embora nada o prendesse, muita coisa o atraía. Toda a sua força e suas inclinações eram estimuladas pelos novos objetos ao seu redor. Ele não possuía nem objetivo e nem medida em seu interior, mas participava de tudo que fosse notável, envolvendo-se em toda parte.

Mas, em meio a todo esse alvoroço, ele logo sentia o vazio e o tédio, que faziam com que retornasse com frequência a seus sonhos solitários, repetindo a antiga trama de seus desejos insatisfeitos. Um dia, ao constatar no espelho como estava pálido, e como queimava de um modo triste e penetrante o fogo do amor reprimido em seus olhos escuros, e ao ver embaixo de seus cachos negros desordenados pequenas rugas esculpidas na testa combalida, ele derramou uma lágrima de tristeza sobre si mesmo. Então, seu espírito se indignou, e, suspirando por sua juventude mal aproveitada, escolheu entre as belas mulheres que conhecia aquela que mais livremente vivia, e a que mais se distinguia na boa sociedade. Ele se propôs a aspirar por seu amor, permitindo a seu coração preencher-se completamente com esse objeto. O que começou de um modo tão selvagem e arbitrário não poderia acabar bem. A dama, que era tão vaidosa quanto bela, deve ter achado realmente estranho quando Julius começou formalmente a se aproximar e a assediá-la com a mais séria atenção, ora se portando de um modo mais atrevido e confiante que um antigo dono, ora tão tímido e estranho como um completo desconhecido. Como se comportava de um modo muito bizarro, ele deveria ser muito mais rico do que aparentava para ter tais pretensões.

Ela tinha um caráter leve e alegre, parecendo-lhe amável em sua conversação. Mas o que ele acreditava ser uma divina leviandade, nada mais era que um entusiasmo vazio, sem alegria, prazer ou espírito verdadeiros; a única exceção era possuir apenas tanta inteligência e esperteza suficientes para confundir e desordenar tudo, atraindo e manipulando os homens para se intoxicar em adulações. Para sua infelicidade, ele recebeu dela alguns sinais de simpatia, daqueles que não responsabilizam a pessoa que os emite, porque ela não pode confessá-los, mas acorrentam de um modo ainda mais indissolúvel o novato, o qual é preso pela magia de seu segredo. Um olhar roubado e um aperto de mão já eram suficientes para enfeitiçá-lo, ou mesmo uma palavra dita diante de todos, mas cujo verdadeiro sentido e alusão somente ele seria capaz de entender, principalmente se o agrado fosse salpicado pela aparência de uma importância única e especial. Ela lhe deu um sinal ainda mais claro, assim pensou ele, e ao entendê-lo tão pouco, ofendeu-o profundamente por avançar tão rápido. Ele até ficou orgulhoso de que isso o ofendia, mas sentia-se irresistivelmente atraído pelo pensamento de que deveria ser rápido, aproveitando a oportunidade favorável para poder alcançar seu objetivo sem obstáculos. Já começava a reprovar amargamente sua lentidão, quando de repente começou a suspeitar de que talvez a antecipação dela fosse apenas uma ilusão, e que ela não o levava tão a sério; não lhe restou dúvida alguma quando um amigo lhe esclareceu totalmente o caso. Ele percebeu que as pessoas o achavam ridículo, e teve de admitir que tinham completa razão. Ao perceber isso ficou furioso, e poderia até mesmo ter cometido facilmente uma desgraça se não tivesse observado claramente a situação, e por isso mesmo, desprezado essas pessoas vazias em suas pequenas aventuras amorosas, suas querelas, bem como todo o espetáculo de suas intenções e preocupações.

Em razão disso, ele voltou a ficar inseguro, e como sua suspeita não conhecia limites, começou a desconfiar da própria desconfiança. Às vezes, via a razão do mal apenas em sua teimosia e na delicadeza exagerada, isso o recobrava de esperança e confiança; outras vezes, via em todas as desgraças que, de fato, pareciam o perseguir intencionalmente apenas a obra artificial de sua vingança. Tudo era incerto, e a única coisa que lhe parecia cada vez mais clara e certa era que, em geral, a mais perfeita tolice e a estupidez são uma verdadeira prerrogativa dos homens; e que, ao contrário, a maldade proposital, a frieza ingênua e a insensibilidade risonha são artes inatas das mulheres. Isso foi tudo o que aprendeu em seu desejo fatigante de compreender a natureza humana. Nos casos individuais, falhava em compreender com agudez o que realmente se passava, pois pressupunha que tudo tivesse alguma intenção artificial ou uma conexão profunda, e porque não possuía sentido para o que era insignificante. Ao mesmo tempo, crescia sua paixão pelo jogo, cujas complicações acidentais, singularidades e acasos felizes lhe interessavam de um modo semelhante ao que ocorria em situações mais sérias, quando ele, por pura arbitrariedade, arriscava ou acreditava estar arriscando um jogo mais alto.

Desse modo, ele se emaranhava cada vez mais profundamente nas intrigas de uma sociedade deteriorada, e o tempo e a energia que lhe restavam após esse redemoinho de dissipações gastava com uma jovem que ele almejava, com todas as suas forças, possuir apenas para si, embora pudesse encontrá-la entre aquelas que eram quase públicas. O que a tornava interessante para ele, não era apenas o que todos buscavam nela, e que a fez famosa: sua rara habilidade e a inesgotável variedade em todas as artes da sedução e da sensualidade. O que mais o surpreendia e atraía nela era sua engenhosidade inocente, assim como a rapidez de uma inteligência rude mas habilidosa, e, principalmente, seu ar decidido e seu comportamento consequente. Mesmo em meio à mais extrema perversão ela mostrava um tipo de caráter; era cheia de particularidades e seu egoísmo não era do tipo vulgar.

Além da independência, não havia nada que amasse mais descomedidamente que dinheiro, mas sabia empregá-lo. Ao mesmo tempo, era moderada com todo aquele que não fosse muito rico, e mesmo com os outros era franca em sua cobiça, não fazendo intrigas. Parecia viver sem preocupação alguma, apenas no presente, mas pensava sempre no futuro. Economizava nas pequenas coisas para, de seu jeito, desperdiçar nas grandes, de modo a ter o melhor do supérfluo. Seu *boudoir* era simples e sem os móveis de costume, apenas espelhos grandes e caros por todos os lados e, onde ainda havia espaço, algumas boas cópias dos quadros mais voluptuosos de Correggio e Ticiano, assim como alguns belos originais de flores e frutos frescos.[1] Na parede, em vez do revestimento, as figuras mais vivas e alegres em gesso, em um baixo-relevo no estilo clássico. Em vez de cadeiras, autênticos tapetes orientais e alguns grupos de estátuas de mármore reduzidas à metade do tamanho natural: um ávido fauno quase a dominar uma ninfa já caída em sua fuga; uma Vênus que levanta o vestido e olha sorrindo por sobre suas costas voluptuosas para seu quadril, assim como outras figuras semelhantes.

Ela costumava ficar sozinha ali, sentada à maneira turca, com as mãos descansando ociosamente no colo, pois detestava todo tipo de trabalho feminino. De tempos em tempos se refrescava com perfumes, enquanto o criado — um lindo rapaz que ela mesmo seduzira quando ele tinha apenas catorze anos — lia histórias, descrições de viagens e contos de fadas. Não prestava muita atenção nas leituras, a não ser quando surgia algo engraçado, ou quando aparecia alguma observação geral que ela também considerava verdadeira. Pois não estimava e não tinha sentido por nada que não fosse a realidade, achando todo tipo de poesia ridícula. No passado, havia sido atriz, mas apenas por um breve período. Em muitas ocasiões fazia pouco de sua própria falta de jeito para o teatro e do tédio que suportara ao encenar. Uma de suas diversas peculiaridades era, em tais ocasiões, falar de si mesma na terceira pessoa. Mesmo quando narrava algo, tratava a si mesma apenas

---

[1] Antonio Allegri da Correggio (1489-1534), um dos mais importantes pintores da Escola de Parma, no Renascimento italiano. Ticiano Vecellio ou Vecelli (1488-1576), um dos principais representantes da Escola Veneziana do Renascimento italiano. Schlegel usa o termo *boudoir*, em francês no original. *Boudoir* é uma espécie de cômodo contíguo ao quarto das mulheres, no qual elas realizavam afazeres, entre outros afazeres, costuravam, arrumavam-se e conversavam de maneira privada com amigos, amigas ou amantes.

como Lisette, dizendo com frequência que, se pudesse escrever, escreveria a própria história como se fosse a de uma outra pessoa. Não tinha sentimento algum para a música, mas tinha tanto gosto para as artes plásticas que Julius frequentemente conversava com ela sobre seus trabalhos e ideias, considerando seus melhores esboços aqueles feitos ante os olhos dela, enquanto ela falava.

Todavia, o que apreciava nas estátuas e nos desenhos era a força viva, e nas pinturas, a magia das cores, a verdade da carne, assim como em tudo, a ilusão da luz. Se alguém lhe falava de regras, do ideal e do pretenso desenho, ela ria ou simplesmente não prestava atenção. Era muito preguiçosa, muito mimada, e estava satisfeita demais com seu modo de vida para tentar fazer, ela mesma, alguma coisa, não importando quantos solícitos professores lhe oferecessem seus serviços. Também não confiava em nenhuma lisonja, e estava convencida de que mesmo com todo esforço e trabalho nunca conseguiria fazer nada de efetivo no âmbito da arte. Se alguém lhe elogiava o gosto e o quarto — ao qual raras vezes levava os seletos e favoritos, — ela respondia de um modo estranho, elogiando primeiramente o bom e velho destino, a esperta Lisette, e também os ingleses e holandeses como as melhores nações entre as que conhecia, pois foram os bolsos cheios de alguns novatos desses países que forneceram as bases para seu rico mobiliário.

Em geral, ela se alegrava bastante quando enganava algum tolo; mas o fazia de um modo engraçado, engenhoso e quase infantil, mais por arrogância do que por rudeza. Toda sua inteligência era empregada em se defender da impertinência e da descortesia dos homens, e, de fato, obtinha tanto êxito nisso que as pessoas grosseiras e incultas falavam dela com um respeito afetuoso, o qual soava estranho àqueles que apenas conheciam seu ofício. Isso foi também o que atraiu o curioso Julius a fazer tão estranha amizade, mas ele logo encontrou outros motivos para ficar pasmado. Com os homens comuns, Lisette sofria e fazia o que acreditava ser sua dívida para com eles: era precisa, habilidosa e artística, mas muito fria. Se um homem a agradava, ela o conduzia a seu santuário, onde parecia ser outra pessoa. Então, caía em um maravilhoso furor báquico; selvagem, libertina e insaciável; esquecia quase a arte da sedução e se entregava completamente a uma adoração arrebatadora da masculinidade. Por essa razão Julius a amava, e também porque parecia se entregar completamente a ele, apesar de não falar muito sobre isso. Ela notava rapidamente se alguém tinha inteligência, e onde acreditava ter encontrado alguém assim se tornava aberta e cordial, deixando o amigo lhe contar o que sabia sobre o mundo. Alguns homens a ensinaram, mas nenhum havia compreendido e respeitado seu mais íntimo ser de um modo tão fino e apreciado seu verdadeiro valor como Julius. Por isso, era mais afeiçoada a Julius do que conseguia expressar. Ao seu lado ela se lembrou com emoção, talvez pela primeira vez, de sua primeira juventude e de sua inocência, mas, com isso, passou a não se sentir tão bem naquele ambiente onde normalmente se encontrava tão satisfeita. Julius se alegrou ao perceber isso, todavia, jamais poderia dominar o desprezo que sua posição e sua perversão produziam nele; dessa vez, sua desconfiança inextinguível parecia ser justa.

E como ficou indignado quando, de um modo completamente inesperado, ela anunciou que ele teria a honra de ser pai. Ele sabia que, apesar das promessas que havia feito, ela recebera havia pouco a visita de outro homem. Ela não fora capaz de cumprir a promessa que lhe havia feito. Talvez até quisesse, mas precisava de mais do que ele podia oferecer; ela só conhecia uma forma de ganhar dinheiro, e por uma delicadeza que sentia unicamente por ele, somente recebia uma ínfima parte do que ele gostaria de lhe oferecer. Ainda assim, o jovem furioso não refletiu sobre nada disso, acreditando apenas ter sido enganado. Foi o que lhe disse com duras palavras, abandonando a mulher em um estado de paixão para sempre, como acreditava. Não muito tempo depois, o jovem servo de Lisette lhe procurou com lágrimas e lamentações, não o deixando até que Julius o acompanhasse. Encontrou-a em seu quarto escuro quase despida, caindo nos braços da amada que o abraçou apaixonadamente como sempre; mas de repente os braços dela desabaram a seu lado. Ele ainda ouviu um último suspiro de dor. Ao olhar para si, viu que estava coberto de sangue. De sobressalto, cheio de horror, quis fugir dali, detendo-se apenas para pegar uma grande mecha de cabelo que se encontrava no chão, ao lado da faca ensanguentada. Em um ataque de desespero, ela havia cortado a mecha do próprio cabelo há pouco, antes de desferir contra si mesma diversos golpes mortais. Talvez o tenha feito na esperança de dedicar seu próprio corpo à morte e à depravação, como um sacrifício, pois, de acordo com o jovem servo, enquanto se esfaqueava ela dizia em voz alta: "Lisette deve perecer, perecer agora mesmo: assim o deseja o inexorável destino".

A impressão que essa surpreendente tragédia causou no jovem sensível foi indelével, ardendo, por sua própria força, cada vez mais fundo em seu ser. A primeira consequência da ruína de Lisette foi a admiração fanática e a verdadeira idolatria que ele passou a ter pela memória da jovem. Comparava a nobre energia de Lisette com as intrigas indignas da dama que o havia enredado, mas seu sentimento sabia claramente que Lisette era muito mais moral e feminina, pois essa coquete nunca concedia um favor, pequeno ou grande, sem uma segunda intenção. Ainda assim, ela era respeitada e admirada por todos, como muitas outras iguais a ela. Por isso, sua mente se opunha frontalmente contra todas as opiniões falsas e verdadeiras sobre a virtude feminina. Pensava na doce Luísa, que quase se tornara uma vítima de sua sedução e se aterrorizava. Lisette, que também era de boa família, ainda muito jovem fora seduzida, raptada e abandonada em terra estranha, e muito orgulhosa para voltar para casa, aprendeu em sua primeira experiência o que muitas mulheres não aprendem a vida inteira. Com doloroso prazer, ele colecionou em sua memória muitos detalhes interessantes de sua primeira juventude. Naquela época, era mais melancólica que leviana, embora no mais íntimo de seu ser ardesse uma chama pura, sendo possível encontrá-la, ainda menina, observando quadros de figuras nuas, ou, em outras ocasiões, perceber nela a estranha expressão da mais impetuosa sensualidade.

Lisette era uma exceção em meio à aquilo que Julius considerava comum no sexo feminino. Era demasiadamente única, e o ambiente em que a encontrara, impuro demais para que pudesse chegar a uma verdadeira opinião sobre as mulheres. Ao contrário, seu sentimento o impelia a se retirar completamente da presença de mulheres, assim como de qualquer sociedade onde elas davam o tom. Temendo sua natureza apaixonada, ele passou a se devotar por completo à amizade com outros rapazes, os quais, como ele, eram capazes de se entusiasmar com a amizade. Entregava seu coração a eles, os quais considerava os únicos verdadeiramente reais, e se alegrava em desprezar o resto da multidão de figuras vazias e fantasmagóricas. Com paixão e sutileza ele se debatia interiormente, e refletia sobre seus amigos, as diferentes qualidades deles, assim como a relação que mantinham. Se acalorava com seus próprios pensamentos e conversas, tornando-se embriagado de orgulho e masculinidade. Na verdade, em todos eles ardia um nobre amor, no qual diversas forças adormeciam sem se desenvolver. Não poucas vezes os jovens diziam de um modo rude mas acertado coisas sublimes sobre as maravilhas da arte, o valor da vida e a essência da virtude e da independência, e particularmente sobre a natureza divina da amizade masculina, que Julius pensava em transformar na verdadeira ocupação de sua existência.

Ele tinha muitas relações, e uma vontade insaciável de fazer outras novas. Procurava todo homem que lhe parecia interessante, e não descansava enquanto não o tivesse conquistado, vencendo sua reserva através de sua impertinência e de sua desconfiança juvenis. Pode-se imaginar que ele, que considerava verdadeiramente tudo permitido, podendo inclusive desprezar o que era ridículo, tinha em mente e ante seus olhos uma decência diferente daquela geralmente válida. No sentimento e na relação com um amigo, ele encontrava bem mais que a consideração e a delicadeza femininas combinadas com uma inteligência sublime e um caráter firme e cultivado. Um segundo amigo dividia com ele a ardente indignação contra a péssima época em que se encontravam, querendo realizar algo grandioso. O espírito amável do terceiro amigo ainda era um caos de insinuações; mas tinha um sentido terno para tudo, pressentindo o mundo intuitivamente. Venerava um de seus amigos como se fosse seu mestre na arte de viver dignamente. Outro amigo era para ele como um discípulo seu, e até planejava se deixar rebaixar por seus excessos, mas apenas momentaneamente, de modo a conhecê-lo e conquistá-lo totalmente, salvando seu grande talento, que, como o seu, caminhava tão próximo do abismo.

Eram grandiosos os objetivos aos quais os amigos aspiravam com seriedade. Entretanto, tudo ficava nas palavras elevadas e nos desejos perfeitos. Julius não seguia adiante, não tinha clareza suficiente, não agia e não criava nada. Na verdade, não havia ocasião em que se descuidava mais de sua arte do que quando inundava seus amigos em projetos de todas as obras que queria concretizar, e que no momento do primeiro entusiasmo lhe pareciam já prontos. Os poucos instantes de sobriedade que lhe restavam gastava com a música, que para ele era um abismo sem fundo de nostalgia e melancolia, no qual gostaria e queria se ver afundar.

Essa agitação interior poderia ter lhe sido saudável. Do desespero surgiria finalmente a paz e a estabilidade, e ele teria mais clareza sobre si mesmo. Porém, a fúria da insatisfação despedaçava sua memória, e ele jamais conseguia ver a si mesmo completamente. Vivia apenas no presente, afeiçoando-se a ele com os lábios sedentos, enquanto se aprofundava continuamente em cada parte infinita e inescrutável do tempo monstruoso, como se ali fosse finalmente encontrar o que havia muito tempo procurava. Essa fúria de insatisfação logo o levaria a se indispor e a cortar as relações com seus amigos, que, mesmo sendo muito talentosos, eram tão inativos e estavam tão em desacordo consigo mesmos como ele. Enquanto um amigo parecia não o compreender, outro admirava apenas sua mente, e desconfiava de seu coração, agindo de um modo injusto com ele. Isso o levava a considerar que sua honra mais pessoal fora ofendida, fazendo-o se sentir dilacerado por um ódio secreto. Ele se abandonava completamente a esse sentimento, pois acreditava que é preciso respeitar para que se possa odiar alguém, e que somente os amigos podem machucar profundamente os sentimentos mais ternos um do outro. Um de seus jovens amigos havia se arruinado por culpa própria. Outro começou até mesmo a se tornar ordinário. Com um terceiro amigo a relação se tornara discordante e quase vulgar. No começo havia sido completamente espiritual, e assim deveria ter permanecido, mas exatamente por ser tão frágil, quando sobreveio a primeira floração, e quando chegou a ocasião de um oferecer os serviços ao outro, tudo se perdeu. Então, eles iniciaram uma competição para ver quem era mais generoso ou agradecido, e, por fim, no mais profundo da alma, começaram a fazer exigências terrenas e comparações.

Logo o acaso dissolveu impiedosamente o que apenas o arbítrio havia apaixonadamente unido. Julius foi caindo cada vez mais em um estado que se diferenciava da loucura apenas porque, de certa forma, era ele mesmo quem determinava quando e até que ponto se entregaria a seu poder. Quanto a seu comportamento exterior, ele se conformava a toda ordem burguesa e social; e precisamente quando uma confusão de todas as dores começava a despedaçar intensamente seu interior, e a enfermidade de seu espírito corroía cada vez mais profunda e secretamente seu coração, é que as pessoas começavam a lhe chamar de sensato. Era mais um delírio do sentimento do que do entendimento, e o mal era ainda mais perigoso porque exteriormente ele parecia alegre e divertido. Assim era seu humor habitual, e os outros achavam-no até mesmo agradável. Apenas quando havia bebido mais vinho que o de costume ficava extremamente triste, e com disposição para chorar e se queixar. Mas até mesmo em ocasiões em que outras pessoas estavam presentes ele irrompia em uma espirituosidade amarga, fazendo troça de tudo; ou então, jogava seu jogo com pessoas estranhas e estúpidas, cuja companhia agora amava mais que tudo. Possuía a habilidade de deixá-las no melhor humor, de modo que lhe falassem abertamente se mostrando como realmente eram. O vulgar o atraía e o divertia não por amável condescendência, mas porque em sua opinião era divertido e tolo.

Não pensava em si mesmo, apenas de vez em quando lhe sobrevinha o sentimento claro de que, de repente, se arruinaria. Reprimia o arrependimento com orgulho e os pensamentos e as imagens do suicídio, os quais foram tão familiares em sua melancólica primeira juventude, mas que haviam perdido o encanto da novidade para ele. Seria completamente capaz de tomar uma decisão dessas se pudesse, de algum modo, chegar a qualquer decisão. Mas isso não lhe parecia valer muito a pena, porque não esperava que desse modo pudesse escapar do tédio da vida e da repugnância pelo destino. Desprezava o mundo e tudo que havia nele, e se sentia orgulhoso disso.

Essa enfermidade, assim como todas as outras anteriores, foi curada e destruída no exato momento em que avistou uma mulher singular que, pela primeira vez, foi capaz de lhe arrebatar completamente o espírito. As paixões que até então tivera foram todas superficiais, ou coisas passageiras sem relação com o resto de sua vida. Agora, fora completamente tomado pelo sentimento de que esse amor era verdadeiro, e essa impressão eterna. O primeiro olhar foi decisivo, e, no segundo, já sabia e dizia a si mesmo que chegara a hora, e que estava realmente ali o que havia esperado inconscientemente por tanto tempo.

Ele se admirou e se assombrou, pois, assim como pensava que seria o mais supremo bem ser amado por ela e possuí-la para sempre, sentia ao mesmo tempo que esse desejo supremo e único era também inalcançável. Mas ela escolheu e se entregou a um amigo de ambos, o qual vivia o amor dela de um modo digno. Julius era o confidente; por isso sabia detalhadamente de tudo o que o tornara infeliz, e julgava com severidade sobre sua própria falta de valor, opondo-se a isso com todas as suas forças. Ele renunciou a todas as expectativas de esperança e felicidade, e decidiu fazer por merecê-lo, tornando-se o senhor de si mesmo. O que mais detestava era o pensamento de poder revelar o mais ínfimo sinal daquilo que sentia através de uma palavra descuidada ou um suspiro furtivo. Também é certo que qualquer tipo de declaração seria absurda. Assim como ele era muito impulsivo, ela era bastante refinada, e a relação dos dois tão delicada que qualquer pequena insinuação, daquelas que parecem ser involuntárias mas querem ser notadas, teria levado a coisa adiante e confundido tudo. Por essa razão, ele reprimia todo amor em seu íntimo, deixando que ali a paixão se desencadeasse, queimasse e se consumisse. Seu exterior havia se transformado por completo. Conseguiu assumir tão bem a aparência da mais infantil ingenuidade e inexperiência, assim como certa dureza fraternal, a qual adotou para não passar do lisonjeiro ao terno, que ela jamais teve a mínima suspeita. Ela estava serena e à vontade em sua felicidade, e não pressentia nada, assim também não temia nada, deixando-se levar por seu engenho e seu humor toda vez que Julius não lhe era amável. Na verdade, havia em sua essência toda a grandeza e a delicadeza próprias da natureza feminina, assim como toda a semelhança com a divindade e todos os vícios; mas tudo isso era refinado, culto e feminino.

Cada característica singular se desenvolvia e se expressava de um modo livre e forte, como se existisse por si mesma. Apesar disso, essa rica e ousada mistura de coisas tão diversas não era confusa em seu todo, pois um espírito a animava, um sopro vivo de harmonia e de amor. Era capaz de imitar, no mesmo momento, alguma estranha tolice com a malícia e a fineza de uma atriz treinada, ou ler um poema sublime com a dignidade encantadora de uma canção sem artifícios. Ora queria brilhar e coquetear em sociedade, ora estava completamente entusiasmada, e ora ajudava com palavras e ações, séria, modesta e amável como uma terna mãe. Pelo modo de narrar, uma ocasião qualquer se transformava em algo encantador como um belo conto de fadas. Tratava tudo com sentimento e com engenho, tinha sentido para tudo, e tudo que se aproximava de sua mão transformadora e de seus doces lábios se enobrecia. Nada bom ou grande era tão sagrado ou tão comum que não pudesse despertar seu interesse apaixonado. Compreendia qualquer alusão e respondia até mesmo às questões que não tinham sido levantadas. Não era possível lhe fazer sermões, pois eles se transformavam automaticamente em diálogo e, enquanto se tornavam cada vez mais interessantes, em seu rosto refinado surgia uma música sempre renovada de olhares espirituosos e gestos doces. Quando se liam suas cartas, as quais ela concebia como diálogos, acreditava-se ver como esses mesmos gestos e olhares se alteravam em um ou outro trecho, tal a forma transparente e expressiva com que escrevia. Quem a conhecesse apenas por esse lado acreditaria que era apenas uma pessoa amável, que poderia ter sido uma encantadora atriz, e que apenas faltavam a métrica e a rima para que suas palavras aladas pudessem se transformar em poesia delicada. Mas essa mesma mulher demonstrava força e coragem surpreendentes em qualquer ocasião importante, sendo essa também a perspectiva de onde ela julgava o valor das pessoas.

Essa grandeza da alma foi o que no início mais cativou a paixão de Julius por ela, pois esse era o lado que mais combinava com sua própria seriedade. Todo o seu ser havia como que retrocedido da superfície para o interior; ele caiu em um estado de retraimento completo, fugindo do convívio com as pessoas. Sua companhia favorita eram os ásperos rochedos; na beira do mar ele se abandonava em pensamentos, e pedia conselhos a si mesmo, e quando o assobio do vento sussurrava nos altos pinheiros, imaginava que as poderosas ondas abaixo queriam se aproximar por simpatia e compaixão, enquanto seguia melancolicamente os barcos distantes e o sol poente. Esse era o seu lugar favorito, que se transformou para ele, através de sua memória, na pátria sagrada de todas as dores e resoluções.

A adoração que sentia por sua sublime amiga se converteu em um centro fixo para seu espírito e fundamento para um novo mundo. Aqui desapareciam todas as suas dúvidas; nesse bem verdadeiro sentia o valor da vida e intuía a onipotência da vontade. Na verdade, se encontrava sobre o fresco viço de uma terra forte e maternal, e um novo céu se arqueava incomensurável sobre ele no éter azul. Reconheceu em si a elevada vocação para a arte divina, e censurou sua preguiça por estar tão atrasado em sua formação, e porque havia sido brando demais para fazer qualquer esforço mais intenso. Mas não se deixou recair no desespero ocioso, ao contrário, seguiu a voz que anunciava aquele dever sagrado. Todos os meios que sua dissipação ainda lhe deixara, ele agora concentrava. Rompeu com todas as antigas amarras e, de uma vez, se fez completamente independente. Consagrou sua força e juventude ao sublime trabalho e entusiasmo artísticos. Esqueceu sua época e imitou os heróis do passado, cujas ruínas ele amava com adoração. Para ele o presente não existia, pois vivia somente no futuro e na esperança de algum dia consumar uma obra eterna como monumento de sua virtude e de sua dignidade.

Assim sofreu e viveu por muitos anos, e quem o via o considerava muito mais velho do que era. O que criava havia sido concebido de uma forma grandiosa, e no estilo dos antigos, mas a seriedade era amedrontadora e as formas eram quase monstruosas; nele o antigo se transformava em uma maneira dura, e apesar de toda precisão e compreensão, seus quadros permaneciam rígidos e pétreos. Havia muito o que elogiar nele, mas lhe faltava a graça; e nisso ele se assemelhava a suas obras. Seu caráter havia sido purificado na ardência do sofrimento do amor divino, brilhando em sua força luminosa, mas era teso e inflexível como um verdadeiro aço. Ele era tranquilo por frieza, somente se agitava quando se encantava mais do que de costume com algo elevado e selvagem da natureza solitária, quando fazia uma descrição fiel da luta por sua formação e do objetivo de todo o seu trabalho, e quando o entusiasmo pela arte o surpreendia diante dos outros, de modo que, após um longo silêncio, surgiam algumas palavras aladas do mais íntimo de seu ser. Mas isso apenas acontecia raramente, pois ele se interessava tão pouco pelas pessoas quanto por si mesmo. Ele apenas ria amistosamente da sorte e do empenho das pessoas, e acreditava em suas palavras quando notava que o consideravam uma pessoa sem amor e pouco amável.

Ainda assim, uma nobre mulher parecia reparar nele e preferi-lo a outros. Seu espírito refinado e seu sentimento delicado o atraíram vivamente, essas características eram realçadas pelo encanto de uma figura amável e singular, e pelos olhos cheios de uma melancolia silenciosa. Mas toda vez que queria ser mais afetuoso era tomado pela antiga desconfiança e pela costumeira frieza. Ele a via com frequência, mas jamais conseguiu expressar seus sentimentos, até que essa torrente de sentimentos também retornou para o oceano interior do entusiasmo geral. Até mesmo a senhora de seu coração retrocedeu para uma obscuridade sagrada, e teria permanecido distante mesmo se ele a tivesse visto novamente.

A única coisa que o tornava mais suave e cálido era a companhia de outra mulher, a qual ele honrava e amava como a uma irmã e que também considerava apenas como tal. Ele já tinha uma relação social com ela havia algum tempo. Era doentia e um pouco mais velha que ele, mas, ao mesmo tempo, possuía uma inteligência clara e madura, um sentido preciso e sadio, sendo correta até o nível da amabilidade mesmo com estranhos. Tudo o que fazia era tomado pelo espírito de uma organização amável, de modo que, como que espontaneamente, a atividade presente se desenvolvia a partir da anterior, relacionando-se silenciosamente com a atividade futura. Ao observar isso, Julius compreendeu que a coerência é a melhor virtude. Contudo a coerência dela não era a fria e rígida concordância de princípios ou preconceitos calculados, mas a fidelidade perseverante de um coração materno, que expande modestamente o círculo de sua atividade e de seu amor, e encontra sua perfeição em si mesma, transformando a matéria crua do mundo circundante em um domínio amigável e em um instrumento da vida social. Ao mesmo tempo, qualquer limitação das mulheres caseiras lhe era estranha, e falava com profunda consideração e verdadeira suavidade da opinião dominante entre as pessoas sobre as anomalias e os excessos dos que vivem contra a corrente; pois sua inteligência era tão incorruptível como seu coração era puro e autêntico. Falava com grande prazer, principalmente sobre assuntos morais, levando a discussão para o âmbito do geral, mas também gostava das sutilezas quando continham algo interessante e soavam significativas. Não era econômica com as palavras e sua conversação não era governada por regras tímidas. Era uma encantadora confusão de ideias individuais e interesse geral, de atenção contínua e distração repentina.

A natureza finalmente recompensou a virtude maternal da excelente mulher, e quando ela já quase não tinha esperança em seu coração fiel, uma vida nova brotou em seu ventre. Esse acontecimento preencheu o jovem de viva alegria, pois ele era muito afeiçoado a ela e se interessava calorosamente pela felicidade familiar; mas isso também o fez sentir coisas que havia muito estavam adormecidas.

Nessa época, alguns de seus experimentos artísticos despertaram nova confiança em seu peito, e a aprovação por parte de grandes mestres o encorajara; e como a arte lhe conduzira a lugares notáveis e lhe colocara entre pessoas desconhecidas e alegres, seu sentimento se abrandou e começou a fluir de um modo poderoso, como ocorre com uma grande torrente quando o gelo se derrete e quebra, arrastando as ondas com nova força pelo antigo caminho.

Ele se admirava sentindo-se novamente relaxado e alegre na companhia das pessoas. Em sua solidão, seu pensamento havia se tornado viril e duro, mas seu coração infantil e tímido. Ansiava pela pátria e pensava em um casamento feliz que não entrasse em conflito com as exigências de sua arte. Quando estava entre jovens garotas em flor não tinha dificuldade em achar que uma ou mais dentre elas era amável. Achava que deveria se casar imediatamente com ela mesmo que não pudesse. Pois o conceito e mesmo o nome do amor eram mais que sagrados para ele, permanecendo muito distantes. Em tais ocasiões, ele ria da aparente limitação de seus desejos, e sentia perfeitamente que lhe faltaria muitíssimo se, por uma magia repentina, seus desejos fossem realizados. Outra ocasião, ria alto de sua antiga impetuosidade, que decorria de uma longa abstinência, e de como, após ter tido a oportunidade de um novo prazer através da leitura de um romance, em pouquíssimos minutos, ele se sentia libertado ou pelo menos aliviado de sua energia.

Uma jovem muito culta se sentiu atraída por ele porque demonstrou um claro afeto por sua conversação profunda e seu belo espírito, e pelo fato de que era afável com ela sem buscar o lisonjeio, mas apenas no modo como a tratava; isso a agradou tanto que que ela foi lhe permitindo tudo, com exceção da última coisa. Mesmo esse último limite ela não estabeleceu por frieza, e nem por cuidado ou princípio; pois era muito excitável, possuía uma forte predisposição para a frivolidade, e vivia nas condições mais livres. Na verdade, era por orgulho feminino e repugnância em face daquilo que considerava animal e bruto. Mesmo que tal começo de relação sem chance de conclusão não fizesse o mínimo sentido para Julius, e embora tivesse que rir da pequena presunção da jovem, quando estava em face desse ser obtuso e artificial pensava na criação e na atuação da natureza todo-poderosa, em suas leis eternas, na força sublime e na grandeza da dignidade maternal, e na beleza do homem, que na plenitude da saúde e do amor é agarrado pelo entusiasmo da vida, ou na mulher que a ele se entrega, e alegrava-se ao perceber que, diante de tal circunstância, ainda não havia perdido o sentido para a fruição do que é delicado e refinado.

Mas logo se esqueceria dessa e de outras coisas pequenas, pois encontrou uma jovem artista que como ele venerava o belo, e que parecia amar a solidão e a natureza tanto quanto ele. Em suas paisagens era possível ver e sentir o sopro vivo do verdadeiro ar, sempre de forma panorâmica. Os contornos eram muito indeterminados, revelando a falta de uma escola sólida, mas as proporções se harmonizavam em uma unidade de sentimento tão clara e distinta que parecia impossível sentir outra coisa em face dela. Ela não praticava a pintura como um ofício ou uma arte, mas simplesmente por prazer e amor. Em seus passeios, quando algo lhe agradava ou parecia notável, ela ilustrava aquela visão segundo o tempo e o humor do momento, com a pena ou em aquarelas sobre o papel. Não tinha a paciência ou a aplicação para a pintura a óleo, de modo que raras vezes pintava um retrato, apenas quando achava um rosto distinto e valoroso. Então, trabalhava com a mais alta fidelidade e cuidado, e sabia tratar as cores pastéis com uma suavidade encantadora. Por mais limitadas e insignificantes que fossem essas tentativas, ainda assim, Julius se alegrava muito da bela espontaneidade de suas paisagens e sobre o espírito com que interpretava a inescrutável variedade e a maravilhosa harmonia dos traços do rosto humano. E por mais simples que fossem os traços da própria artista, eles não eram insignificantes, e Julius encontrou neles uma expressão grandiosa, que permaneceu para sempre nova para ele.

Lucinde tinha uma inclinação decidida para o romântico; Julius sentia-se tocado pela semelhança entre ambos e descobria cada vez mais coisas em comum. Ela também era daquelas pessoas que não vivem no mundo normal, mas em um mundo próprio, pensado e criado por eles mesmos. Apenas o que amava e respeitava de coração era de fato real para ela, tudo o mais não; e sabia o que tinha valor. Também havia rompido com audaciosa decisão com todas as considerações e todos os laços, e vivia completamente livre e independente.

A maravilhosa semelhança logo atraiu o jovem para junto dela; ele notou que também ela sentia essa semelhança, e ambos perceberam que não se eram indiferentes. Não fazia muito tempo que haviam se visto, e Julius apenas se atrevia a pronunciar palavras isoladas e desconexas, que eram significativas mas não claras. Desejava saber mais sobre o destino e o passado dela, algo que tratara sempre de forma muito misteriosa com os outros. Ela lhe confessou, não sem violenta emoção, que já havia sido mãe de um garoto belo e forte, que a morte logo lhe arrebatara. Ele também se recordou de seu passado e, ao narrar para ela, sua vida se transformou pela primeira vez em uma história completa. Como Julius ficava feliz quando falava com ela sobre música e ouvia de sua boca os pensamentos mais íntimos e próprios dela sobre o sagrado encanto dessa arte romântica! E quando ouvia o canto dela, que se formava de um modo puro e forte, se elevando do fundo da alma; ou quando acompanhava esse canto com o seu, e suas vozes logo se fundiam em uma só, e alternavam perguntas e respostas do sentimento mais terno para o qual não há língua alguma! Ele não conseguiu resistir e lhe deu um beijo tímido nos lábios frescos e nos olhos fogosos. Com eterno encanto sentiu a cabeça divina dessa nobre figura pender sobre seus ombros, e viu os cachos negros se derramarem sobre a neve do peito todo e sobre as belas costa, dizendo em voz baixa: "Esplêndida mulher!", quando naquele momento alguns membros da sociedade fatal entraram inesperadamente.

De acordo com seus princípios, ela já lhe havia concedido na verdade tudo, de modo que não era mais possível a ele se esquivar de uma relação que imaginava tão pura e grandiosa, ainda assim toda hesitação lhe era intolerável. Não se deve desejar de uma divindade, pensava ele, aquilo que se considera apenas transitório, ou apenas um meio, mas deve-se confessar imediatamente com franqueza e esperança o objetivo de todos os desejos. Desse modo, também pediu a ela com a mais inocente ingenuidade tudo aquilo que se pode pedir a uma amante, expondo-lhe, em uma torrente de eloquência, como sua paixão se destruiria se ela quisesse ser feminina demais. Ela ficou muito surpresa, mas também pressentia que após a entrega ele seria muito mais amoroso e fiel que antes. Não podia tomar nenhuma decisão e confiou tudo ao acaso, o qual o dispôs da melhor forma. Eles estiveram sozinhos por apenas alguns dias quando ela se entregou para sempre, abrindo a ele a profundidade de sua grande alma, e toda a força, a natureza e a santidade que havia nela. Ela também havia vivido por muito tempo em uma reclusão forçada, e agora, do fundo de seu coração, irrompiam em torrentes de palavras a confiança reprimida e a comunicação, as quais eram interrompidas apenas por seus abraços. Em apenas uma noite, mais de uma vez, eles se alternaram entre o choro violento e o riso frenético. Eles se entregavam por completo, e eram unos, porém, cada um era ele mesmo por completo, bem mais do que jamais haviam sido, e cada expressão estava cheia do mais profundo sentimento e do caráter mais próprio. Ora eram tomados por um entusiasmo infinito, ora flertavam e gracejavam um com outro caprichosamente, e o Amor era aqui o que tão raras vezes é de verdade: uma criança feliz.[2]

Através daquilo que sua amiga lhe revelara, o jovem compreendeu claramente que apenas uma mulher pode ser de verdade muito infeliz e muito feliz, e que apenas as mulheres, as quais, em pleno seio da sociedade humana, continuam sendo seres da natureza, possuem o sentido infantil através do qual se deve aceitar o favor dos deuses. Ele aprendeu a honrar a felicidade bela que havia encontrado e, quando a comparava com a felicidade feia e falsa que antes queria obter artificialmente do capricho do acaso, ela lhe parecia como uma rosa em um caule vivo em comparação a uma imitada. Mas nem no delírio da noite, nem na alegria do dia queria chamar isso de amor. Tanto havia se convencido de que o amor não era para ele ou para ela! Mas foi fácil encontrar uma diferença que pudesse confirmar esse autoengano. Ele nutria, assim julgou, uma paixão violenta por ela e seria eternamente seu amigo. O que ela lhe dava e o que por ele sentia, ele o chamava de ternura, lembrança, entrega e esperança.

Enquanto isso, o tempo fluía e a alegria crescia. Julius reencontrou sua juventude nos braços de Lucinde. O desenvolvimento exuberante de sua bela forma era mais atrativo para o furor de seu amor e de seus sentidos que o fresco encanto dos seios e a imagem de um corpo virginal. A força arrebatadora e o calor de seu abraço eram mais que juvenis. Ela tinha uma veia de entusiasmo e profundidade que apenas uma mãe pode ter. Quando contemplava sua forma moldada no brilho encantado de um suave entardecer, não podia parar de acariciar seus fartos contornos e de sentir as correntes quentes da mais fina vida embaixo do terno envoltório

---

[2] Referência à representação do deus Amor como uma criança na mitologia romana.

da pele lisa. Ao mesmo tempo, seus olhos se embriagavam nas cores que pareciam se alterar por ação das sombras, mas que, todavia, permaneciam sempre as mesmas. Era uma mistura pura, onde em parte alguma o branco, o marrom, ou apenas o vermelho se destacavam ou se mostravam de uma forma crua. Tudo isso estava velado e fundido em um único brilho harmônico de vida suave. Julius também era virilmente belo, mas a masculinidade de sua figura não se revelava na força destacada dos músculos. Ao contrário, seus contornos eram suaves e os membros cheios e redondos, mas em nenhuma parte em excesso. Na claridade da luz, a superfície de seu corpo revelava em toda parte amplas massas, o corpo liso parecia compacto e firme como mármore, e nas lutas do amor, de repente se mostrava toda a riqueza de sua vigorosa constituição.

Eles desfrutavam da vida juvenil. Os meses passavam como dias, de modo que já haviam se transcorrido mais de dois anos. Foi apenas então que Julius se deu conta de como eram grandes sua inexperiência e sua falta de inteligência. Buscara o amor em toda parte onde ele não poderia ser encontrado, e então, quando possuía o mais elevado bem, não sabia ou não tinha ousado lhe dar o verdadeiro nome. Agora, ele reconhecia que o amor, que para a alma feminina é um sentimento indivisível e completamente simples, para o homem apenas pode ser uma alternância e uma mistura de paixão, amizade e sensualidade, e viu com alegre admiração que era tão infinitamente amado quanto amava.

Parecia ser uma predestinação que todo acontecimento em sua vida tivesse que o surpreender através de uma conclusão peculiar. No começo, nada o atraiu mais ou o afetou tão poderosamente como a percepção de que Lucinde tinha o mesmo sentido e o mesmo espírito que ele; e agora, dia após dia, era forçado a descobrir novas diferenças. Na verdade, mesmo essas diferenças eram fundamentadas em uma igualdade mais profunda, de modo que quanto mais o caráter de ambos se desenvolvia, mais diversificada e íntima se tornava sua união. Ele não havia suspeitado que a originalidade dela era tão vasta quanto seu amor. Até mesmo sua aparência externa parecia mais jovem e mais brilhante na presença dele. Do mesmo modo, o espírito dela brilhava pelo contato com o dele, transformando-se em novas formas e novos mundos. Ele acreditava possuir, reunido na pessoa dela, tudo aquilo que antes havia amado isoladamente: a bela novidade dos sentidos, a paixão arrebatadora, a atividade modesta, a docilidade e o grande caráter. Cada nova situação, cada nova opinião era para eles um novo meio de comunicação e harmonia. Como o sentido de um para o outro, crescia também a crença de um no outro, e, com a crença, crescia a coragem e a força.

Eles compartilhavam sua inclinação pela arte. Julius terminou algumas obras. Seus quadros se encheram de vida, uma torrente de luz vivificante parecia se derramar sobre eles, e a verdadeira sensualidade brilhava em cores frescas. Os mais elevados temas de seu pincel eram jovens meninas se banhando, um jovem que com misterioso prazer contempla sua própria imagem refletida na água, ou uma mãe graciosa sorrindo com o filho amado no colo. As próprias formas talvez não correspondessem às leis convencionais de beleza artística. O que sugeriam aos olhos era certa graça silenciosa, uma profunda expressão de uma existência tranquila e serena, assim como o gozo dessa existência. Elas pareciam criaturas animadas, criadas com a figura divina do homem. Suas pinturas de pessoas se abraçando também tinham esse mesmo caráter amável em cuja diversidade ele era inesgotável Ele os pintava com a maior predileção, porque o encanto de seu pincel podia se mostrar aqui da forma mais bela. Neles, parecia realmente que um momento passageiro e misterioso da vida mais sublime tinha sido capturado por um encanto silencioso, e se conservara para a eternidade. Quanto mais o tratamento do tema se distanciava do furor báquico, e quanto mais modesto e suave se tornava, mais sedutora era a visão na qual um doce fogo inundava as jovens e as mulheres.

Assim como sua arte se aperfeiçoara, e ele atingira espontaneamente um nível que não alcançara anteriormente através do esforço ou do trabalho, e sem que realmente percebesse como isso aconteceu, sua vida também se transformou em uma obra de arte. Fez-se luz em seu interior; e ele via e reconhecia, de um modo claro e correto, todas as fases de sua vida e a estrutura do todo, pois ele se encontrava no meio. Sentia que não poderia perder essa unidade jamais; o enigma de sua existência fora solucionado, ele encontrara a palavra; parecia que tudo fora predestinado e construído, desde as primeiras épocas, para que pudesse encontrar no amor a solução do enigma; um amor para o qual sua incompreensão juvenil o fez acreditar que era completamente inexperiente.

Os anos fluíam para ambos de um modo leve e melódico, como um belo canto. Viviam uma vida cultivada. Sua proximidade também era harmônica, e sua felicidade simples parecia mais o resultado de um talento raro do que um dom singular do acaso. Julius também modificara seu comportamento exterior. Ficara mais sociável, e embora rechaçasse muitos por completo — de modo a se unir ainda mais intimamente com poucos —, agora já não distinguia as pessoas de maneira tão severa. Tornara-se mais diversificado, e aprendera a enobrecer o que era vulgar. Gradualmente, ele foi atraindo muitas pessoas excelentes para próximo de si. Lucinde unia e conservava o todo, de modo que assim surgia uma sociedade livre, ou melhor, uma grande família, que por sua cultura permanecia sempre nova. Estrangeiros destacados também tinham acesso ao grupo. Julius raramente falava com eles, mas Lucinde sabia exatamente como entretê-los, e de tal modo que sua universalidade grotesca e sua perfeita vulgaridade os divertia, não provocando nem uma paralisação e nem uma dissonância na música espiritual, cuja beleza consistia exatamente na multiplicidade harmônica e na variedade. Na arte da sociabilidade, junto ao estilo grande e cerimonioso, deve também haver lugar para qualquer mania meramente encantadora, e para o humor fugaz.

Uma ternura universal parecia animar Julius. Não uma benevolência utilitária e piedosa pela multidão, mas uma alegria contemplativa sobre a beleza da humanidade, a qual permanece eterna, enquanto os indivíduos desaparecem, e um sentido vivo e franco pelo que é mais íntimo em si e nos outros. Estava sempre pronto para a brincadeira mais infantil ou a seriedade mais sagrada. Ele amava não apenas a ideia da amizade com seus amigos, mas a eles mesmos. Pelo diálogo com pessoas da mesma disposição de espírito queria trazer à luz e desenvolver toda bela intuição e indício que se encontrava em sua alma. Nessas ocasiões, seu espírito se completava e se enriquecia em diversos sentidos e circunstâncias. Mas, nesse aspecto, a harmonia total ele também só encontrava na alma de Lucinde, onde os germes de tudo o que era maravilhoso e sagrado esperavam pelo brilho de seu espírito para se desdobrar na mais bela religião.

***

Gosto de me imaginar na primavera de nosso amor; vejo todas as mudanças e transformações e as vivo novamente, e queria capturar pelo menos alguns dos leves contornos da vida fugaz e transformá-los em uma imagem permanente, agora, que ainda é pleno verão em mim, antes que também isso se passe e que seja tarde demais. Nós mortais, enquanto aqui vivemos, somos apenas a criação mais sublime desta terra. As pessoas se esquecem disso muito facilmente: desaprovam ao máximo as leis eternas do mundo, e querem reencontrar sua superfície amada colocada totalmente no centro. Tu e eu não somos assim. Somos agradecidos e estamos satisfeitos com aquilo que os deuses querem, com o que indicaram tão claramente na escritura sagrada da bela natureza. O ânimo humilde reconhece que é sua destinação, assim como a de todas as coisas naturais, florescer, chegar à maturidade e definhar. Mas ele sabe que algo nele é imperecível: a eterna ânsia pela juventude eterna, que está sempre presente e sempre foge.

Em toda bela alma, a doce Vênus ainda se lamenta pela morte do gracioso Adônis. Com doce desejo ela espera e procura o jovem, e se recorda, com terna melancolia, dos olhos divinos do amado, dos traços suaves e das conversas e das troças infantis, e sorri uma lágrima se enrubescendo graciosamente por ainda se ver entre as flores da terra colorida.

Quero pelo menos te sugerir, em símbolos divinos, o que não sou capaz de contar. Pois ainda que reflita sobre o passado e queira penetrar em meu eu para examinar minhas memórias na claridade do presente, deixando que também as examines: sempre permanece algo para trás que não se deixa representar exteriormente, porque é totalmente interior. O espírito do homem é seu próprio Proteu: ele se transforma, não quer se responsabilizar quando busca compreender a si mesmo. Naquele centro mais profundo da vida, a vontade criativa produz seu jogo mágico. Lá estão todos os começos e fins, onde se perdem todos os fios do tecido da formação espiritual. Somente o que avança gradualmente no tempo e se estende no espaço, somente o que acontece é objeto da história. É apenas através de uma alegoria que se pode adivinhar ou deixar que se adivinhe o mistério de um surgimento ou de uma transformação instantânea.

Não foi sem razão que o jovem fantástico, aquele que mais gostei entre os quatro tipos de romance imortais que vi em sonho, brincava com uma máscara. A alegoria se insinuou mesmo naquilo que parece ser pura representação e realidade, misturando mentiras importantes entre a bela verdade. Mas apenas como um sopro espiritual é que a alegoria paira sobre todo o conjunto, como o engenho, que brinca invisível com sua obra, e apenas sorri suavemente.

Há poemas na antiga religião que mesmo nela parecem singularmente belos, sagrados e ternos. A poesia os formou e os transformou de um modo tão refinado e rico que sua bela significação permaneceu indeterminada, permitindo sempre novas interpretações e configurações. Para te sugerir algo do que pressinto sobre as metamorfoses do ânimo amante, escolhi entre esses poemas aqueles que acredito que o deus da harmonia pode ter narrado às musas ou ouvido delas, depois que o amor o trouxe do céu para a terra e o transformou em um pastor. Foi também naquela época, acredito, nas margens do Anfriso, que ele inventou o idílio e a elegia.

METAMORFOSES

Em seu doce repouso, o espírito infantil adormece enquanto o beijo da deusa amante suscita-lhe apenas sonhos calmos. A rosa do pudor colore sua face, ele sorri e parece abrir os lábios, mas não desperta, e também não sabe o que ocorre ao redor de si. Apenas depois que o encanto da vida exterior, multiplicado e intensificado por um eco interior, penetrou todo o seu ser é que ele abre os olhos, e regozija-se com o sol, recordando-se agora do mundo mágico que contemplou no brilho da lua pálida. A voz maravilhosa que o despertou continua ali, mas, em vez de respondê-lo, ela agora ecoa os objetos exteriores; e se ele tenta, com timidez infantil, escapar do mistério de sua existência, se procura, com bela curiosidade, o desconhecido, ele ouve apenas o eco de sua própria ânsia.

Assim, o olho contempla no espelho do rio apenas o reflexo do céu azul, as margens verdes, o balanço das árvores e a própria figura do observador perdido em si mesmo. Se um coração cheio de amor inconsciente encontra a si mesmo ali, onde esperava outro amor, ele é tocado pelo espanto. Mas, ao se deixar atrair e enganar pelo encanto da contemplação, logo o homem é levado a amar novamente sua sombra. Então, chega o momento da graça, e a alma forma mais uma vez seu invólucro, respirando o último sopro de perfeição através de sua forma sensível. O espírito se perde em sua clara profundidade, reencontrando-se, como Narciso, em forma de flor.

O amor é mais sublime que a graça; e como a flor da beleza logo se desvaneceria rapidamente, sem deixar frutos, se o amor de uma outra pessoa não complementasse sua formação!

Esse momento, o beijo de Amor e de Psique, é a rosa da vida. A entusiasmada Diótima revelou a seu Sócrates apenas metade do amor.[1] O amor não é apenas o desejo silencioso de infinito, ele também é o sagrado prazer em face de uma bela realidade presente. Não é apenas uma mistura, a transição do mortal para o imortal, mas a perfeita unidade de ambos. Há um amor puro, um sentimento indivisível e simples, sem a mínima presença perturbadora do desejo intranquilo. Cada um dá ao outro aquilo que recebe, tudo é idêntico, completo e perfeito em si, como o beijo eterno das crianças divinas.

Através da magia da alegria, o grande caos de formas conflitantes se dissolve em um harmônico mar do esquecimento. Quando o raio da felicidade se rompe na última lágrima de nostalgia, Íris já enfeita a fronte eterna do céu com as cores ternas de seu arco colorido. Os sonhos amáveis se tornam realidade, e as massas puras de um novo mundo se elevam das ondas do Lete, belas como Anadiômene, desdobrando sua estrutura até o lugar onde antes estava a escuridão que desapareceu.[2] Em meio à áurea juventude e à inocência, o tempo e o homem passeiam na paz divina da natureza, enquanto a Aurora retorna eternamente cada vez mais bela.

Não é o ódio, como dizem os sábios, mas o amor o que divide os seres e forma o mundo, e apenas sob sua luz é possível encontrá-lo e contemplá-lo. É apenas na resposta de um *tu* que lhe é próprio, que o *eu* de cada um pode sentir totalmente sua unidade infinita. Então, o entendimento quer desenvolver o germe interior de sua semelhança com Deus, e deseja chegar cada vez mais próximo a seu objetivo, determinado a dar forma à alma, como o artista que cria sua obra única e amada. Nos mistérios da formação, o espírito contempla o jogo e as leis do livre-arbítrio e da vida. A obra de

---

[1] Diótima de Mantineia (c. 440 a.C.). Filósofa grega, personagem central no *Banquete*, de Platão, no qual as ideias da filósofa estão na origem do conceito do amor platônico.

[2] Lete ou Lêthé, literalmente "esquecimento", é um dos cinco rios do Hades na mitologia grega. Aqueles que bebessem ou mesmo tocassem na água de Lete experimentariam o completo esquecimento. A Vênus Anadiômene é uma das representações icônicas de Afrodite.

Pigmaleão, se move, e um calafrio de satisfação surpreende o artista perante a consciência da própria imortalidade, então, como fez a águia com Ganímedes, a esperança divina o arrebata com suas poderosas asas, levando-o para o Olimpo.[3]

---

[3] Pigmaleão segundo a mitologia grega, foi um rei da ilha de Chipre, que também era escultor, e que se apaixona pela estátua de uma mulher ideal que esculpiu. Ganímedes ou Ganimedes era um príncipe de Troia que Zeus, metamorfoseado em Águia, possuiu em pleno ar e levou ao Olimpo para se tornar copeiro dos deuses.

DUAS CARTAS

I

O que muitas vezes desejei em silêncio e não ousei expressar é mesmo verdadeiro e real? Vejo a luz de uma alegria sagrada a sorrir em tua face, enquanto me anuncias, com discrição, essa bela promessa.

Tu vais ser mãe!

Adeus ânsia, e tu, queixa silenciosa, o mundo é novamente belo. Agora amo a terra, e a aurora rósea de uma nova primavera eleva sua cabeça radiante sobre minha existência mortal. Se tivesse um laurel eu o colocaria ao redor de tua fronte para consagrá-la a essa nova seriedade e a essa nova atividade: pois uma nova vida também começa agora para ti. Em compensação, deves me dar a coroa de mirto.[1] Combina bem comigo ser adornado de um modo juvenil com o símbolo da inocência, pois caminho pelo paraíso da natureza. O que havia entre nós anteriormente era apenas amor e paixão. Agora, a natureza nos atou mais intimamente, e de uma forma completa e indissolúvel. Somente a natureza é a verdadeira sacerdotisa da alegria; apenas ela sabe como fazer o laço do matrimônio: não com palavras vãs, que não foram abençoadas, mas com as flores frescas e os frutos vivos da plenitude de sua força. Na eterna sucessão de novas formas, o tempo criador trança a grinalda

[1] Utilizada nas celebrações de casamento na Antiguidade greco-romana.

da eternidade, e abençoado é o homem que tem a felicidade de ter frutos e ser saudável. Não somos flores estéreis entre os seres; os deuses não querem nos excluir da grande corrente de todas as coisas produtivas, e nos dão sinais claros disso. Então, que possamos merecer nosso lugar neste belo mundo, carregando também os frutos imortais criados pelo espírito e pela vontade, entrando, assim, na dança da humanidade. Quero me estabelecer na terra, quero semear e colher para o futuro e para o presente, quero usar todas as minhas forças enquanto é dia, e ao entardecer descansar nos braços da mãe, que será minha noiva eterna. Nosso filho, esse pequeno sério e travesso, brincará conosco, e será meu parceiro nas travessuras que inventarmos contra ti.

***

Tu tens razão, precisamos mesmo comprar a pequena propriedade no campo. É bom que já tenhas tomado as medidas necessárias sem ter esperado por minha decisão. Arranja tudo como for de teu gosto; mas, se posso te pedir um favor, não deixes tudo bonito demais, ou demasiadamente funcional e, sobretudo, não deixes tudo muito amplo.

Se tu fizeres tudo inteiramente de acordo com teu gosto, e não te deixares persuadir por ninguém sobre o que é usual ou apropriado, tudo acabará bem, como deveria ser, e como quero que seja. Então, ficarei imensamente feliz com a bela propriedade. Até hoje, o que usei, eu o fiz sem refletir e sem sentimento de posse. Vivia levianamente sobre a terra sem me sentir em casa nela. Mas agora a santidade do casamento me concedeu direito de cidadania no estado da natureza. Não me encontro mais suspenso no espaço vazio do entusiasmo geral; agora, alegro-me nesta agradável limitação, vejo o que é útil sob uma nova luz, e acho verdadeiramente útil tudo o que se une com amor eterno a seu objeto; em resumo, tudo o que serve a uma autêntica união conjugal. Mesmo as coisas externas me inspiram grande respeito quando são eficazes, e ainda chegará o tempo em que tu me ouvirás elogiar exultante o valor de ter o próprio lar, assim como a dignidade da vida doméstica.

Agora compreendo tua predileção pela vida no campo, amo isso, e sinto o mesmo que tu. Não suporto mais ver essa multidão deselegante de tudo o que é pervertido e doente na humanidade; e quando reflito sobre os homens em geral, eles me parecem animais selvagens acorrentados, os quais nem mesmo podem se enfurecer em liberdade. No campo, as pessoas ainda podem estar juntas sem se aglomerar tão odiosamente. Ali, se tudo fosse como deveria ser, casas adoráveis e lindas cabanas adornariam a terra verde, como plantas e flores frescas, criando um digno jardim da divindade.

É obvio que no campo também reencontraremos a vulgaridade que reina por toda parte. Na verdade, deveria haver apenas duas classes entre os homens: o que forma e o que é formado, o masculino e o feminino; e em vez de toda a sociedade artificial, deveria haver um grande casamento entre essas duas classes, e uma irmandade universal de indivíduos. Ao invés disso, o que vemos é apenas uma grosseria enorme e, com alguma exceção, alguns que, em razão de sua má formação, são o oposto dos outros. Mas, ao ar livre, o que é belo e bom no indivíduo não pode ser oprimido dessa maneira por essa massa odiosa e pela aparência de sua onipotência.

Sabes qual época de nosso amor tem um brilho especial para mim? Na verdade, tudo é belo e puro em minha memória, e penso mesmo nos primeiros dias com melancólico encanto. Todavia, entre as lembranças mais valorosas estão os últimos dias que vivemos em nossa propriedade. Um novo motivo para viver no campo!

Mais uma coisa. Não deixes que as videiras sejam podadas em demasia. Escrevo isso apenas porque tu as achaste muito selvagens e exuberantes, e porque talvez queiras ver a casinha perfeitamente limpa por todos os lados. A grama verde também deve permanecer como está. É lá que a criança deverá aprontar as suas, se arrastar, brincar e rolar.

***

É mesmo verdade que a dor que minha carta triste te causou já passou totalmente? Não consigo me atormentar com preocupações em meio a todas essas coisas maravilhosas e a essa vertigem de esperança. Tua dor não foi maior que a minha. Que problema há em me amares, de verdade, do fundo do coração, sem subterfúgios? De que dor valeria a pena falar se com ela ganhássemos uma consciência mais profunda e mais calorosa de nosso amor? Tu também pensas assim. Tudo o que te digo tu já sabias há muito tempo. Na verdade, não há nenhum encanto e amor em mim que não esteja oculto em algum lugar profundo de teu ser, ó criatura infinita e feliz!

Desentendimentos também são bons, pois com eles o que é mais sagrado pode um dia ser discutido. O estranhamento, que de vez em quando parece se colocar entre nós, não está em nenhum de nós. Ele está apenas entre nós e a superfície, e espero que aproveites essa ocasião para o afastar completamente de perto de ti, e de teu interior.

E de onde surgem essas pequenas aversões senão da mútua insaciabilidade de amor e de ser amado? Sem essa insaciabilidade não há amor. Nós vivemos e amamos até o fim. E se a primeira coisa que nos transforma em seres humanos verdadeiros e completos é o amor, que é a vida da vida, então, ele também não pode temer as contradições, assim como a vida e a humanidade. Do mesmo modo, a paz do amor surge apenas em consequência do embate de forças conflitantes.

Sinto-me feliz por amar uma mulher que sabe amar como tu. "Assim como tu": é uma expressão maior que todos os superlativos. Como podes louvar minhas palavras se, mesmo sem querer, usei aquelas que te machucaram tanto? Queria te dizer que escrevo bem demais para ser capaz de te falar como me sinto no mais fundo de meu coração. Ah, meu amor! Acredita nisso: não há pergunta em ti que não tenha a resposta em mim. Teu amor não pode ser mais eterno que o meu. Mas teu ciúme de minha fantasia e as descrições de teu furor são deliciosos. Isso realmente caracteriza a imensidão de tua fidelidade, mas também traz esperança de que teu ciúme esteja próximo de destruir a si mesmo pelo próprio excesso.

Agora não há mais necessidade desse tipo de fantasia escrita. Logo estarei contigo. Estou mais solene e calmo que antes. Em meu espírito posso te ver e estar junto a ti. Sem que eu o diga, sentes tudo, e ardes de felicidade, partilhando teu coração entre teu marido querido e a criança.

***

Ainda te lembras quando te escrevi dizendo que nenhuma lembrança poderia profanar tua imagem para mim, que eras eternamente pura como a Santa Virgem da Imaculada Conceição, e que não te faltava mais nada que uma criança para que pudesses te tornar a Madona?[2]

Tu tens a criança agora, agora ela existe e é realidade. Logo a segurarei nos braços e lhe contarei contos de fadas, logo eu a instruirei seriamente, e logo lhe darei boas lições de como deve um jovem rapaz se comportar no mundo.

Então, meu espírito retorna novamente à mãe; te dou um beijo infinito, vejo como teu peito se eleva ansioso, e sinto como em teu coração algo se agita misteriosamente.

***

Quando estivermos outra vez juntos vamos recordar totalmente de nossa juventude, e eu santificarei o presente. Tens toda razão: o atraso de uma hora é um atraso infinito.

É duro não poder estar agora mesmo a teu lado! Começo a fazer muitas tolices por impaciência. Vago sem rumo pela magnífica

---

[2] No original: *Madonna*.

redondeza desde a manhã até a noite; me apresso, como se tivesse algo realmente necessário para fazer, e, no final das contas, chego a um lugar onde menos queria ir. Me comporto como se estivesse fazendo discursos veementes; acredito estar só, mas de repente estou rodeado de pessoas; e me divirto quando percebo como estava ausente. Não posso mais escrever por muito tempo, e desejo apenas sair novamente, e passar o belo entardecer sonhando na beira do calmo rio.

Hoje, entre outras coisas, me esqueci de que era o momento de enviar a carta. Em contrapartida, agora recebes de mim ainda mais confusão e alegria.

***

As pessoas são realmente muito boas comigo. Elas não apenas perdoam o fato de que muitas vezes eu não participo da conversa, e ainda a interrompo de um modo esquisito, mas também parecem se alegrar silenciosamente com minha alegria. Em especial Juliane. Eu falo pouco de ti a ela, mas ela tem bastante sentido para essas coisas e intui o restante. Não há nada mais amável do que o prazer puro e desinteressado no amor!

Acredito realmente que amaria meus amigos aqui, mesmo que eles fossem pessoas menos perfeitas. Sinto uma grande mudança em meu ser: uma suavidade geral e um doce calor em todas as faculdades da alma e do espírito, como a mais bela fadiga que se sucede ao clímax da vida.

Todavia, isso é tudo menos indolência. Ao contrário, sei que de agora em diante farei com ainda maior amor, e com força renovada, tudo o que estiver relacionado à minha profissão. Nunca me senti mais confiante e corajoso para agir como um homem entre os homens, para começar e levar a cabo uma existência heroica, agindo pela eternidade, fraternamente unido aos amigos.

Essa é minha virtude; pertence a minha natureza tornar-me semelhante aos deuses. A tua [virtude] é ser como a natureza, uma sacerdotisa da felicidade, revelando discretamente o segredo do amor e, cercada de filhos e filhas dignos, consagrar a bela vida a uma festa sagrada.

***

Eu me preocupo frequentemente com tua saúde. Vestes roupas muito leves e amas o ar noturno! Esses são costumes perigosos que deves evitar, assim como alguns outros.

Lembra, uma nova ordem de coisas começa agora para ti. Até hoje, chamei tua leviandade de bela porque se adequava ao momento, e estava em harmonia com o resto. Eu achava feminino quando brincavas com a sorte e ignoravas todas as consequências, podendo até mesmo destruir grande parte de tua vida e de teu ambiente.

Mas agora existe algo mais que deves sempre levar em consideração, e com o qual tudo estará relacionado para ti. Agora, tu deves te formar gradativamente para a economia, em um sentido alegórico, é claro.

***

Nesta carta está tudo bem misturado, como a oração e a comida, a picardia e o êxtase na vida do homem. Então, boa noite. Ah, por que não posso estar ao menos em sonho contigo, e realmente sonhar contigo e em ti? Pois, quando apenas sonho contigo, estou sempre sozinho. Queres saber por que não sonhas comigo mesmo pensando tanto em mim? Querida! Tu também não silencias por um longo tempo em relação a mim?

***

A carta de Amalie me trouxe muita alegria. É obvio que, pelo tom lisonjeiro, vejo que ela não me diferencia dos outros homens, os quais necessitam de lisonjas. Também não o exijo dela, em absoluto. Seria injusto exigir que ela reconhecesse meu valor do nosso modo. Já basta que uma mulher me conheça totalmente! E ela reconhece esse valor tão bem do modo dela! Será que ela sabe o que é adoração? Duvido que não saiba e sinto pena se não o souber. Tu também não sabes?

***

Hoje, encontrei em um livro francês a seguinte expressão sobre dois amantes: "Eles eram o universo um do outro".

Fiquei bastante surpreso e tocado, chegando mesmo a rir, pois o que havia sido escrito ali sem intenção, apenas como uma hipérbole, tornou-se literalmente verdade entre nós!

Com efeito, isso também é literalmente verdadeiro para uma paixão francesa. Eles encontram o universo um no outro porque perderam o sentido para tudo o mais.

Mas conosco não é assim. Tudo o que amamos antes, agora amamos de um modo ainda mais caloroso. O sentido para o mundo se abriu agora de verdade para nós. Tu aprendeste através de mim a conhecer a infinitude do espírito humano, e eu aprendi contigo a compreender o casamento, a vida e a magnificência de todas as coisas.

Tudo tem alma para mim, tudo conversa comigo, tudo é sagrado. Quando alguém se ama como nós, a natureza que há no homem também retorna à sua divindade original. No abraço solitário dos amantes, o prazer sensual transforma-se naquilo que ele é em seu todo: o milagre mais sagrado da natureza; e o que para os outros, com razão, é apenas motivo de vergonha, transforma-se para nós naquilo que é em si: o puro fogo da mais sublime força vital.

***

Nosso filho possuirá certamente três coisas: muito capricho, um rosto grave e alguma disposição para a arte. Tudo o mais espero com tranquila resignação. Um filho ou uma filha, sobre isso não posso ter nenhum desejo determinado. Mas já refleti imensamente sobre sua educação, isto é, sobre o modo como iremos cuidadosamente resguardar nosso filho de todo tipo de educação; [pensei nisso] talvez mais do que três pais racionais pensariam e se preocupariam em manter sua descendência na mais pura moralidade desde o berço.

Fiz alguns esboços que lhe agradarão. Muita coisa depende de ti. Mas tu não deves negligenciar a arte! O que tu preferirias para tua filha, se fosse uma filha, um retrato ou uma paisagem?[3]

***

Como és tola em relação às coisas do mundo exterior! Queres saber: o que me cerca, onde vou, o que faço, como estou vivendo, como estou? Olha ao teu redor, na cadeira a teu lado, em teus braços, em teu coração, é aí que vivo e estou. Não te sentes tocada por um raio de desejo que desliza calorosamente até teu coração e até a boca, onde [esse desejo] quer transbordar em beijos?

Eis que te vanglorias por escrever-me incessantemente cartas carregadas de sentimento interior, enquanto eu apenas escrevo com frequência. Como és sofista![4] Em primeiro lugar, como tu descreves, penso o tempo todo em ti, ando a teu lado, eu te vejo, falo contigo. Mas também penso em ti de outras maneiras, especialmente quando acordo à noite.

***

---

[3] Referência ao antigo costume entre as famílias burguesas de se encomendar um retrato ou paisagem da criança.

[4] Em alemão, *Silberstecherin*, literalmente: "descascadora" de sílabas, manipuladora de palavras.

Como é possível que tu possas duvidar da dignidade e da divindade de tuas cartas! A última carta brilha claramente aos olhos: não é um escrito, mas um canto.

Acredito que se eu permanecesse mais alguns meses longe de ti, teu estilo iria se desenvolver completamente. Entretanto, acho mais aconselhável deixarmos de lado o estilo e a escrita, de modo a não mais adiarmos os estudos mais belos e elevados; estou bastante decidido a viajar em oito dias.

SEGUNDA CARTA

É estranho que o homem não tema a si mesmo. As crianças têm razão ao serem tão curiosas, mas olharem com tanta desconfiança para um grupo de estranhos. Cada átomo individual do tempo eterno pode conter um mundo de alegria, mas pode também revelar um abismo incomensurável de sofrimento e horror. Agora compreendo o antigo conto maravilhoso sobre o homem a quem um mago fez viver em apenas alguns minutos muitos anos; pois experimentei em mim mesmo a terrível onipotência da imaginação.

Desde a última carta de tua irmã — há três dias —, senti todas as dores de uma vida humana, desde a luz ensolarada da juventude ardente, até o brilho pálido da lua da velhice.

Cada detalhe que ela me escreveu sobre tua enfermidade, junto com o que ouvi do médico da última vez que adoeceste, e que eu mesmo pude observar, confirmaram a minha suspeita de que essa doença é bem mais perigosa do que vós pensastes; na verdade, não apenas mais perigosa, mas fatal. Estive perdido nesses pensamentos, e todas as minhas forças paralisadas pela impossibilidade de atravessar a grande distância e ir correndo até ti; minha situação era realmente desesperadora. Somente agora, ao receber a notícia de tua melhora, sinto-me renascido. Pois agora estás curada, e em perfeita saúde. Posso deduzir isso de todas as notícias com a mesma confiança com que, há poucos dias, pronunciei uma sentença de morte sobre nós dois.

Eu não acreditava mais que isso viria a acontecer, ou que estaria acontecendo agora; para mim, tudo estava perdido; tu já estarias repousando embaixo da fria terra há muito tempo, as flores cresceriam vagarosamente sobre a querida sepultura, e minhas lágrimas já cairiam mais lentamente. Mudo e sozinho, eu veria apenas os traços de minha amada e os doces raios de seu expressivo olhar. Essa imagem continuava imóvel perante mim; apenas de vez em quando surgia o último sorriso e o último sinal de descanso no rosto pálido.

Mas, de repente, essas diversas lembranças se confundiram. Os contornos se alteravam com velocidade incrível, mudando e voltando a sua forma anterior até que tudo desapareceu de minha imaginação exaltada. Apenas teus olhos sagrados permaneciam imóveis no espaço vazio, brilhando como estrelas amáveis em nossa miséria. Imóvel, eu olhava para aquelas luzes negras que acenavam para mim com um sorriso familiar na noite de minha aflição. Às vezes, a dor penetrante de um sol misterioso me queimava, e em outras ocasiões, a maravilhosa luminosidade pairava e fluía como se quisesse me atrair. Então, foi como se o ar fresco da manhã me tocasse; levantei a cabeça para cima e uma voz saída de mim disse alto: "Por que se afligir? Em alguns minutos podes estar com ela".

Já me apressava para te encontrar, quando de repente um novo pensamento me deteve, e eu disse a meu espírito: "Indigno, não podes nem ao menos suportar as pequenas dissonâncias de tua pequena e medíocre vida, e já te consideras maduro e digno de uma vida mais elevada? Vai lá, para sofrer e cumprir tua missão, e só aparece quando tua tarefa for totalmente cumprida." Tu também percebeste que tudo nesta terra almeja o centro, como tudo se conforma a uma ordem, e como tudo é tão sem importância e mesquinho? Tudo sempre me pareceu assim; por essa razão, eu acho — e, se não estou enganado, pois já havia te transmitido essa suspeita — que nossa próxima existência será mais grandiosa, mais vigorosa, tanto para o bem quanto para o mal, mais selvagem, mais ousada e mais monstruosa.

A obrigação de viver venceu, e eu estava novamente na confusão da vida e das pessoas, em meio às ações impotentes e às obras equivocadas tanto deles quanto minhas. Então, fui tomado de um horror como aquele que um homem sente quando de repente se encontra sozinho em meio a incomensuráveis montanhas de gelo. Tudo me era frio e estranho, e até mesmo as lágrimas se congelaram.

Mundos estranhos surgiam e despareciam nesse sonho terrível. Eu estava doente e sofria muito, mas amava minha enfermidade e achava até mesmo a dor bem-vinda. Odiava tudo o que fosse terreno, alegrando-me com a ideia de que tudo fosse castigado e destruído. Eu me sentia muito sozinho e muito estranho, e assim como um espírito sensível se torna melancólico mesmo em meio à própria felicidade, sendo tomado no ápice da existência pelo sentimento de sua nulidade, olhava com um prazer secreto para minha própria dor. Isso se transformou em um símbolo da vida em geral para mim; acreditava ver e sentir a eterna discórdia através da qual tudo surge e existe, as belas formas da criação serena me pareciam mortas e pequenas em face desse mundo prodigioso de forças infinitas, de luta e guerra infinitas que se estendiam até as profundezas mais ocultas da existência.

Esse sentimento estranho fez com que minha enfermidade se transformasse em um mundo próprio, formado e completo em si mesmo. Sentia que sua vida misteriosa era mais completa e profunda que a saúde vulgar dos verdadeiros sonâmbulos ao meu redor. Associado à enfermidade — que não me era necessariamente desagradável —, conservei também um sentimento que me isolava completamente das pessoas, e também da terra; mantinha o pensamento de que teu ser e meu amor eram sagrados demais para escapar rapidamente dos laços grosseiros da terra, que tudo estava bem, e que sua morte necessária nada mais era do que um despertar depois de um ligeiro cochilo.

Eu também acreditei acordar ao contemplar tua imagem que se transfigurava cada vez mais em pureza serena e universalidade. Grave, mas ainda assim encantadora, completamente tu, e também não mais tu, a tua figura divina era circundada por um brilho maravilhoso. Às vezes parecia o terrível raio de luz da onipotência visível, e às vezes um brilho suave da infância dourada. Meu espírito sorvia da fonte pura e cristalina da paixão em tragos longos e tranquilos, embriagando-se secretamente, e nessa ebriedade bem-aventurada, eu sentia uma dignidade espiritual singular, porque, na verdade, todo modo de pensamento mundano me era completamente estranho, e o sentimento de estar consagrado à morte nunca me deixava.

Os anos passavam lentamente, uma ação sucedia a outra com muito penar; uma obra chegava a seu termo após a outra, mas seu objetivo tão pouco coincidia com o meu, assim como a minha opinião sobre as ações e as obras não coincidia com o que elas realmente representavam. Para mim, elas eram apenas símbolos sagrados, e todas se referiam unicamente à amada que era a mediadora entre meu eu despedaçado e a humanidade eterna e indivisível; toda a existência era um culto divino permanente de amor solitário.

Finalmente percebi que isso era o fim. A testa não estava mais lisa, os cabelos se tornaram brancos. Minha carreira havia terminado, mas sem se completar. A melhor força da vida havia passado, mas a arte e a virtude ainda se encontravam eternamente inalcançáveis à minha frente. Eu estaria desesperado se não houvesse visto e idolatrado ambas as coisas em ti, suave Madona! E se não tivesse visto tanto a ti quanto tua doce divindade em mim.

Então, tu me apareceste de um modo significativo, acenando mortalmente. Fui tomado por um desejo afetuoso de te ver, e [um desejo] de liberdade; sentia a nostalgia por ti e pela querida e antiga pátria, e já estava a ponto de sacudir a poeira da viagem quando fui novamente chamado à vida pela promessa e pela certeza de tua cura.

Mas então, percebi que sonhava acordado, e fiquei assombrado com todas as relações e todas as semelhanças significativas; temeroso, me encontrava junto ao abismo invisível dessa verdade interior.

Sabe o que mais ficou claro para mim com isso? Primeiro, que eu te idolatro, e que é bom que assim o seja. Nós dois somos um só, e o homem somente se torna uno e totalmente ele mesmo quando contempla e representa poeticamente a si mesmo como o centro de todas as coisas e o espírito do mundo. Mas por que representar poeticamente se apesar de encontrarmos em nós mesmos o germe de tudo, ainda assim continuamos sendo eternamente apenas um pedaço de nós mesmos?

Agora sei que a morte também pode ser sentida como uma coisa bela e doce. Compreendo que o ser que é formado e livre pode, na floração de toda a sua força, ansiar silenciosamente por sua dissolução e pela liberdade, contemplando alegremente o pensamento do retorno como o alvorecer da esperança.

UMA REFLEXÃO

Uma coisa que muitas vezes me chamou a atenção de um modo estranho e surpreendente é o fato de pessoas inteligentes e dignas serem capazes de repetir reiteradamente, com diligência incansável e grande seriedade, em um ciclo eterno, o jogo miúdo que não tem utilidade alguma e nem se aproxima a nenhum objetivo, embora seja o mais antigo de todos os jogos.

Então meu espírito se perguntou o que pode ter a natureza pensado — ela que em toda parte pensa tanto, que é tão grandiosamente astuta, e que, em vez de falar engenhosamente, age sempre de um modo engenhoso — dessas insinuações ingênuas, as quais os oradores cultos denominam apenas como algo inominado.

E esse caráter inominado é em si ambíguo. Quanto mais envergonhado e moderno se é, mais se torna moda interpretar isso como desavergonhado. Para os antigos deuses, ao contrário, toda a vida tem certa dignidade clássica, até mesmo a desavergonhada arte heroica de criar a vida. A quantidade de tais obras e a grandiosidade do poder imaginativo delas determinam a classe e a nobreza no reino da mitologia.

Esse número e essa força são bons, mas não são o mais elevado. Então, onde se encontra adormecido e oculto o desejado ideal? Ou será que na mais elevada de todas as artes figurativas o ambicioso coração encontra apenas outras maneiras e nunca um estilo perfeito?

O pensar tem a peculiaridade de gostar de pensar, além de si mesmo, naquilo que pode pensar indefinidamente. Por essa razão, a vida do homem culto e reflexivo é um constante formar e refletir sobre o belo enigma de seu destino. Ele está sempre determinando seu destino, pois esta é toda a sua destinação: ser determinado e determinar. É apenas na busca que o espírito do homem encontra o segredo que busca.

Mas o que é mesmo o determinante e o determinado? Na masculinidade é o inominado. E o que é o inominado na feminilidade? — O indeterminado.

O indeterminado é mais rico em mistérios, mas o determinado tem mais força mágica. A encantadora confusão do indeterminado é mais romântica, mas a formação sublime do determinado é mais genial. A beleza do indeterminado é efêmera como a vida das flores e como a eterna juventude dos sentimentos mortais; a energia do determinado é passageira como a tempestade genuína e o entusiasmo genuíno.

Quem pode medir e comparar o valor infinito que tanto um como o outro têm, quando ambos estão vinculados na verdadeira destinação que está destinada a completar todas as lacunas e ser a mediadora entre o masculino e o feminino e a humanidade infinita?

O determinado e o indeterminado e toda a plenitude de suas relações determinadas e indeterminadas: isso é o um e o todo, é o mais estranho e o mais simples, porém o mais elevado. O próprio universo é apenas um brinquedo do determinado e do indeterminado, e a verdadeira determinação do que é determinável é uma miniatura alegórica da trama da criação em seu eterno fluir.

Ambos anseiam com simetria eternamente imutável, por caminhos opostos, se aproximar e se distanciar do infinito. Com passos leves mas seguros, o indeterminado expande seu desejo inato desde o belo centro da finitude até o infinito. O perfeitamente determinado, ao contrário, salta ousadamente do abençoado sonho do querer infinito para barreiras da ação finita e, depurando a si mesmo, cresce constantemente em autolimitação magnânima e bela sobriedade.

Nessa simetria também se revela o incrível humor com o qual a natureza realiza sua antítese mais universal e mais simples. Mesmo na organização mais delicada e artificial, esses traços cômicos do todo aparecem com significação chistosa, como um retrato em miniatura, dando, assim, o acabamento e a perfeição a toda individualidade, que apenas pode surgir e existir através delas e pela seriedade de seus jogos.

Através dessa individualidade e daquela alegoria, o ideal colorido de sensualidade engenhosa floresce a partir do anseio pelo absoluto.

Agora tudo está claro! É daí que surge a onipresença da divindade desconhecida e inominada. A própria natureza é quem deseja o círculo eterno de tentativas sempre novas; ela também quer que todo indivíduo seja completo e perfeito em si mesmo, único e novo, uma imagem fiel da mais alta individualidade invisível.

Aprofundando-se nessa individualidade, a reflexão tomou uma direção tão individual que logo começou a esvair e a esquecer-se de si mesma.

"O que significam para mim essas alusões que com compreensão incompreensível não apenas brincam, mas discutem absurdamente até o centro da sensualidade e não somente até seu limite?"

Talvez tu e Juliane não falaríeis assim, mas certamente perguntaríeis.

Querida amada! Pode o ramo completo de flores mostrar apenas rosas recatadas, silenciosas miosótis e modestas violetas, e toda flor que floresça de um modo juvenil e infantil, ou deve mostrar também tudo aquilo que brilha em uma auréola colorida e singular?

A inexperiência masculina é variada e rica em flores e frutos de todo tipo, onde até mesmo a mais estranha planta, que não quero denominar, deve ter seu lugar. Ela serve ao menos como um realce para a brilhante romã ou a luminosa laranja. Ou será que em vez dessa plenitude colorida deve haver apenas uma flor perfeita, a qual reúne em si a beleza de todas as outras, tornando supérflua a existência delas?

Não peço perdão pelo que gostaria de repetir de imediato, porque confio totalmente em tua compreensão objetiva das obras de arte da inexperiência, a qual, com frequência, gosta muito de tomar emprestado do entusiasmo masculino a matéria-prima daquilo que deseja criar.

É um furioso suave e um adágio inteligente da amizade. Tu vais poder aprender diversas coisas com isso: que os homens sabem odiar com uma delicadeza tão pouco comum como vós sabeis amar; que eles transformam uma disputa, quando está acabada, em uma distinção; e que tu podes fazer tantas observações sobre isso quanto quiser.

JULIUS A ANTONIO

Mudaste muito ultimamente! Cuidado, meu amigo, para que o sentido pelo que é grande não te escapes antes que o percebas. Onde isso vai acabar? Ao final, vais adquirir tanta ternura e refinamento que teu coração e teu sentimento se desgastarão. Onde ficam a virilidade e a decisão? — Ainda vou tratar-te do mesmo modo como tu me tratas, já que não vivemos mais juntos, mas apenas próximos um do outro. Terei que impor-te limites e dizer-te que, mesmo que tenhas sentido para tudo, o que é em geral belo, falta ao amigo o sentido para a amizade. Mas não vou criticar moralmente o amigo, assim como o que ele faz ou deixa de fazer; quem assim o faz não merece a grande e rara sorte de ter um amigo.

O fato de que, primeiramente, é a ti mesmo que enganas, torna a coisa ainda pior. Diz-me seriamente: buscas a virtude nessas sutilezas ousadas do sentimento, nesses exercícios artificiais do ânimo, os quais esvaziam o homem e querem consumir a essência da vida?

Por muito tempo permaneci resignado e silencioso. Não duvidava mesmo que tu, que sabias tanta coisa, saberias inclusive as razões pelas quais nossa amizade acabou. Parecia até que me equivoquei, pois, ao estranhar a minha aproximação a Eduardo, e, ao que parece, sem compreender nada, questionaste como havias me ofendido. Se fosse apenas isso, apenas um episódio isolado, não valeria a pena a dissonância levantada por tal pergunta, pois o caso se resolveria por si mesmo.

Porém, será que não é mais que isso, se toda vez que tenho de repetir como tudo aconteceu em relação a Eduardo sinto como se fosse uma profanação? Naturalmente, tu não fizeste nada contra ele, também não disseste nada em voz alta, mas sei muito bem e vejo como pensas. E, se acaso eu não o visse ou não o soubesse, como ficaria a comunhão invisível de nossos espíritos ou a bela magia dessa comunhão? Decerto, não te ocorreu a ideia de que poderias permanecer distanciado do problema, resolvendo todo o desentendimento apenas com refinamento, pois, nesse caso, eu realmente não teria mais nada a te dizer.

Vós estais indiscutivelmente separados por um abismo infinito. A profundidade tranquila e clara de teu ser e a luta apaixonada e incansável do modo como ele vive encontram-se em polos opostos da existência humana. Enquanto ele é todo ação, tu tens uma natureza sensível e contemplativa. É por essa razão que tu deverias ter sentido para tudo, e realmente tens quando não te fechas intencionalmente. Na verdade, é isso que me deixa desgostoso. Preferes odiar a desconhecer o que é maravilhoso! Mas onde se chegará quando se está acostumado a considerar de um modo vulgar o pouco que ainda existe de belo e grandioso — como só a perspicácia pode ver — sem perder a pretensão ao sentido? Afinal, é preciso que o homem se transforme ele mesmo naquilo que quer ver em toda parte.

É essa a diversidade tão celebrada? Nesse caso certamente observas o princípio da igualdade: o que não está bom para um, também não está melhor para o outro, apenas cada um é ignorado a seu modo. Não me obrigaste também a calar meu sentimento em tua frente ou em frente a qualquer outro sobre aquilo que ele considerava mais sagrado? E isso porque não podias silenciar teu julgamento até a ocasião propícia, e porque teu entendimento impõe limites em tudo antes mesmo que possa encontrar teus próprios limites. Tu quase me fizeste cair na armadilha de ter que expor a ti o meu verdadeiro valor, e como seria mais acertado e seguro se tu não tivesses julgado, e sim acreditado, se nesta ou naquela ocasião tivesses pressuposto em mim um infinito desconhecido.

Naturalmente, o culpado de tudo foi meu próprio descuido. Talvez tenha sido também minha teimosia em querer dividir contigo todo o presente sem te contar sobre o passado ou o futuro. Não sei, mas ia contra meu sentimento; além disso, eu considerava supérfluo, pois acreditava que tu terias um enorme entendimento.

Oh, Antonio, se eu pudesse duvidar das verdades eternas, tu terias me levado a considerar falsa e equivocada aquela amizade bela e silenciosa que se fundamentava na mera harmonia de existir e de viver juntos.

É incompreensível que eu agora me coloque completamente do outro lado? Eu renuncio ao doce prazer e me precipito na luta selvagem da vida. Vou correndo ao encontro de Eduardo. Tudo já está preparado. Não queremos apenas viver juntos, mas produzir e atuar juntos, em uma união fraternal. Ele é rude e áspero, sua virtude se encontra mais no vigor do que na sensibilidade, mas tem um grande coração viril, e, dizendo de forma ousada, em qualquer época melhor [que essa] teria sido um herói.

II

É bom que finalmente voltamos a falar um com o outro; também estou satisfeito com o fato de que tu não quiseste mesmo escrever, vituperando a pobre e inocente letra, porque realmente tens gênio para falar. Mas ainda tenho algumas coisas guardadas no coração que não consegui falar, e que quero tentar te indicar através de uma carta.

Mas por que dessa forma? Oh, meu amigo, se eu apenas conhecesse outro meio de comunicação à distância mais refinado e culto de dizer, de um modo suave e velado, o que quero! Para mim, a conversa é muito alta, muito próxima e muito particular.

Essas palavras isoladas reproduzem apenas um lado, um aspecto, uma parte do todo, que eu quis indicar em sua harmonia plena.

Será que homens que querem viver juntos podem ser tão ternos uns com os outros? Não é que eu tenha medo de dizer algo muito áspero e, por isso, evite certas pessoas e certos assuntos em nossa conversa. Quanto a isso, acredito que toda fronteira foi para sempre destruída entre nós!

O que também gostaria de te dizer é algo bem geral; ainda assim, preferi escolher esse atalho. Não sei se é uma delicadeza verdadeira ou falsa, mas seria muito difícil para mim falar de amizade contigo face a face.

Ainda assim, são pensamentos meus sobre esse assunto, os quais preciso te exprimir. A aplicação disso — e isso é o que mais importa — tu mesmo poderás facilmente escolher.

De acordo com meu sentimento há duas formas de amizade.

A primeira é totalmente exterior. Insaciável, ela se precipita de ação em ação, acolhendo todo homem digno na grande aliança de heróis unidos; ela aperta ainda mais firmemente o antigo nó através de cada virtude, e se esforça por conquistar sempre novos irmãos; quanto mais ela tem, mais deseja ter.

Lembra-te do passado e encontrarás esse tipo de amizade em toda parte, lutando sua guerra justa contra todo mal, seja em nós ou no objeto de nosso amor; tu a encontrarás na nobre energia que atua em grandes massas, formando e dominando mundos.

Agora os tempos são outros, mas o ideal dessa amizade vai estar em mim enquanto eu existir.

A outra forma de amizade é totalmente interior. Uma simetria maravilhosa do que é mais singular, como se o homem estivesse predestinado a se completar em todos os aspectos. Todos os pensamentos e sentimentos tornam-se sociáveis através da incitação e do aperfeiçoamento mútuos, e do desenvolvimento do que é mais sagrado. E esse amor puramente espiritual, essa bela mística da relação entre as pessoas, não é apenas o objetivo distante de um esforço possivelmente frustrado. Não, ele só pode ser encontrado em estado de perfeição. Além disso, nele não há lugar para a ilusão, como na outra forma de amizade, a heroica. É a ação que deve demonstrar se a virtude de um homem resiste à prova e se mantém firme. Mas aquele que sente e vê a humanidade e o mundo em seu próprio interior não poderá buscar facilmente o sentido e o espírito universais lá onde eles não estão.

Só é capaz dessa amizade quem se tornou completamente quieto em si mesmo, e sabe honrar com humildade o que é divino no outro.

Se os deuses presentearam um homem com tal amizade, ele não pode fazer nada mais do que protegê-la com cuidado de tudo o que for exterior, de modo a preservar sua essência sagrada. Pois essa delicada flor é efêmera.

ÂNSIA E PAZ

Levemente vestidos, Lucinde e Julius estavam na janela do pavilhão, refrescavam-se no ar fresco da manhã, perdidos na contemplação do sol nascente, o qual era saudado por todos os pássaros com um canto feliz.

— Julius — perguntou Lucinde. — Por que é que nessa paz tão serena eu sinto uma profunda ânsia?

— É que apenas na ânsia encontramos a paz — respondeu Julius. — Sim, a paz só existe quando nosso espírito não é incomodado por nada em seu ansiar e em seu buscar, quando ele não pode encontrar nada mais elevado que a própria ânsia.

— Apenas na paz da noite — disse Lucinde — é que a ânsia e o amor ardem e brilham em toda a sua clareza, como esse sol tão magnífico.

— E durante o dia — replicou Julius — a sorte do amor lança uma luz pálida, como a lua que ilumina apenas parcialmente.

— Ou surge e desaparece repentinamente na escuridão geral — acrescentou Lucinde — como os relâmpagos que iluminaram o quarto quando a lua estava encoberta.

— Apenas de noite — disse Julius — é que o pequeno rouxinol canta suas queixas em suspiros profundos. Apenas de noite é que se abre tímida a flor, e respira livre o mais belo aroma, embriagando seu espírito e seu sentido em igual encanto. Apenas de noite, Lucinde, é que o ardor profundo de amor e as palavras ousadas escapam divinamente dos lábios, os quais, no ruído do dia, encerram seu doce santuário com terno orgulho.

Lucinde — Não é a mim, meu Julius, que tu retratas de uma forma tão sagrada; embora eu quisesse lamentar como o rouxinol e, como me sinto intimamente, consagrar-me apenas à noite. Essa pessoa és tu; o que contemplas em mim — que sou eternamente tua — é a flor milagrosa de tua fantasia, quando a confusão cessa e nada de vulgar distrai teu espírito elevado.

Julius — Deixa de lado a modéstia e não lisonjeies. Lembra: tu és a sacerdotisa da noite. Mesmo sob a luz do sol tudo o anuncia: o brilho negro de teus cachos opulentos, a clara negrura de teus olhos sérios, a figura elevada, a fronte majestosa e todos os nobres membros.

Lucinde — Os olhos se abaixam quando tu os elogias, pois agora a ruidosa manhã os cega, e a algazarra colorida dos pássaros alegres perturba e assusta a alma. Não fosse isso, meus ouvidos gostariam mesmo de beber com ansiedade as doces palavras de meu doce amigo no frescor tranquilo e escuro do entardecer.

Julius — Não é mera fantasia. Minha ânsia por ti é infinita e eternamente inalcançável.

Lucinde — Seja o que for, tu és o ponto no qual todo meu ser encontra paz.

Julius — Amiga, foi apenas naquela ânsia que encontrei a sagrada paz.

Lucinde — E eu encontrei nessa bela paz aquela sagrada ânsia.

Julius — Ah! Que a áspera luz possa levantar o véu que oculta essas chamas, de tal modo que a brincadeira dos sentidos alivie e refresque a alma ardente!

Lucinde — Assim, o dia eternamente frio e sério da vida rasgará a noite quente, quando a juventude se esvair e eu renunciar a ti, do mesmo modo que um dia renunciaste ao grande amor.

Julius — Que eu ainda possa mostrar-te a amiga desconhecida, e mostrar a ela o milagre de minha maravilhosa felicidade!

Lucinde — Tu ainda a amas e, sendo eternamente meu, também a amarás eternamente. Esse é o grande milagre de teu coração maravilhoso.

Julius — Não mais maravilhoso que o teu. Vejo-te recostada em meu peito, brincando risonhamente com teu Guido, nós dois unidos fraternalmente, enquanto tu enfeitas com eternas grinaldas de alegria nossa fronte digna.[1]

Lucinde — Deixa descansar na noite, não tragas bruscamente à luz o que cresce na silenciosa e sagrada profundidade do coração.

Julius — Onde a onda da vida pode brincar com o homem selvagem que foi lançado violentamente no mundo rude pelo sentimento terno e pelo destino furioso?

Lucinde — A imagem pura da nobre e desconhecida [amiga] brilha transfigurada no céu azul de tua alma pura.

Julius — Oh, ânsia eterna! Mas logo o infrutífero desejar do dia e o vão deslumbramento diminuirão e se apagarão, e uma grande noite de amor se sentirá eternamente calma.

Lucinde — É assim que, quando posso ser como sou, se sente o coração feminino em um peito aquecido de amor. Ele que anseia tua ânsia, e que está em paz onde tu encontras a paz.

---

[1] Guido é o prenome da criança que Lucinde espera.

PEQUENOS JOGOS DA FANTASIA

Com os pesados e ruidosos preparativos para a vida, a própria vida, a eterna filha dos deuses, é desprezada, sufocando-se em lástimas no abraço da preocupação de um amor ao estilo dos primatas.[1]

Ter propósitos, agir de acordo com propósitos e enlaçar artificialmente propósitos, com o propósito de criar um novo propósito: esse mau costume está tão profundamente enraizado na natureza tola do homem, o qual foi criado à semelhança de Deus, que, se acaso quiser se mover livremente e sem qualquer propósito sobre a corrente interior de imagens e sentimentos que fluem eternamente, ele terá que antepor uma proposição formal e fazer disso um propósito.

O ápice do entendimento é se calar por vontade própria, devolvendo a alma à fantasia, de modo a não atrapalhar os doces gracejos da jovem mãe com seu filho mimado. Mas o entendimento é muito raramente inteligível após a época de sua inocência. Ele quer possuir a alma apenas para si; e ainda que ela tenha a ilusão de estar a sós com seu amor inato, ele ouve em segredo, colocando no lugar dos gracejos sagrados da infância apenas a lembrança de objetivos antigos ou a perspectiva de objetivos futuros. Sim, ele sabe como colorir superficialmente as ilusões frias e vazias e dar-lhes um calor passageiro, e, através de sua arte imitativa, ele quer roubar da imaginação inocente sua essência mais íntima.

[1] No original: *Affenart*.

Mas a alma juvenil não se deixa enganar pela perfídia de seu impostor precoce, e observa sempre como seu querido brinca com as belas imagens do mundo belo. De bom grado, ela deixa sua fronte ser adornada por uma coroa que uma criança trança com as flores da vida, e de bom grado deixa-se cair em um sono ligeiro; ela sonha com a música do amor, e ouve as vozes misteriosas e amáveis dos deuses como a sonoridade singular de um romance distante.

Sentimentos antigos e bem conhecidos ressoam das profundezas do passado e do futuro. Eles apenas tocam suavemente o espírito atento, para depressa se perder no fundo da música amena e do amor sombrio. Tudo ama e vive, lamenta e se alegra, em uma bela confusão. Aqui, os lábios de todos os que são felizes se abrem em uma festa rumorosa, em um canto universal; e aqui, a jovem solitária emudece ante o amigo ao qual ela gostaria de se confiar, recusando-lhe o beijo com sua boca sorridente. Pensativo, espalho sobre o túmulo do filho morto precocemente as flores que ofereço, cheio de alegria e de esperança, para a noiva do amado irmão; a suma sacerdotisa acena para mim, estendendo-me a mão para que façamos uma grave aliança, a fim de que, pelo fogo eternamente puro, eu jure pureza eterna e entusiasmo eterno. Fujo prontamente do altar e da sacerdotisa para agarrar a espada e me precipitar com a tropa de heróis no combate, o qual logo esqueço quando contemplo, na mais profunda solidão, o céu acima de mim e a mim mesmo.

Toda alma que dormita com tais sonhos, continua sonhando-os eternamente, mesmo quando está desperta. Ela se sente entrelaçada pelas flores do amor e cuida para não destruir as frágeis grinaldas, gosta de se deixar aprisionar e se consagra à fantasia, e gosta de se deixar dominar pela criança, a qual recompensa todas as preocupações maternais com seus doces gracejos.

Então, um hálito fresco de juventude e uma auréola de prazer infantil se estendem por sobre toda a existência. O homem idolatra a amada, a mãe, o filho, e todos [idolatram] o ser humano eterno.

Agora a alma compreende o lamento do rouxinol e o sorriso da criança recém-nascida, entende o que se revela de um modo significativo nos hieróglifos misteriosos das flores e das estrelas, entende o sentido sagrado da vida, assim como a bela linguagem da natureza. Todas as coisas se comunicam com a alma, e em toda parte ela contempla, através de seu delicado envoltório, o espírito amável.

Inocente, ela passeia sobre esse solo decorado festivamente, abandonando-se à dança leve da vida, preocupada apenas em seguir o ritmo da sociabilidade e da amizade e em não perturbar nenhuma harmonia do amor. E, no meio de tudo isso, ecoa a melodia de um canto eterno, do qual ela ouve apenas algumas palavras isoladas, que parecem revelar maravilhas ainda mais sublimes.

Esse círculo mágico envolve a alma de um modo cada vez mais belo. Ela não pode jamais abandoná-lo, e o que ela cria ou diz ressoa como um romance maravilhoso sobre os segredos mais belos do mundo ingênuo dos deuses, acompanhado por uma adorável música dos sentimentos e adornado com as flores mais significativas da encantadora vida.

CADASTRO
ILUMI*N*URAS

Para receber informações
sobre nossos lançamentos e
promoções envie e-mail para:

cadastro@iluminuras.com.br

Este livro foi composto em *Times new roman* pela
Iluminuras e terminou de ser impresso em 2019 nas
oficinas da *Meta Brasil Gráfica*, em Cotia, SP, sobre
papel off-white 80g.